사색하는 숲에 뜬 달의 이야기, SEOUL, 2025, PEN ON PAPER, 21 x 29.7 ㎝

달의 앞면

1	p.11	24	p.88	47	p.176
2	p.12	25	p.91	48	p.179
3	p.13	26	p.94	49	p.186
4	p.15	27	p.96	50	p.187
5	p.18	28	p.101	51	p.189
6	p.21	29	p.103	52	p.193
7	p.25	30	p.109	53	p.205
8	p.28	31	p.113	54	p.210
9	p.31	32	p.118	55	p.212
10	p.32	33	p.125	56	p.214
11	p.33	34	p.128	57	p.216
12	p.38	35	p.133	58	p.221
13	p.45	36	p.138	59	p.223
14	p.49	37	p.140	60	p.225
15	p.52	38	p.143	61	p.229
16	p.64	39	p.145	62	p.231
17	p.66	40	p.152	63	p.232
18	p.69	41	p.155	64	p.234
19	p.70	42	p.159	Épilogue	
20	p.75	43	p.162		p.237
21	p.77	44	p.167		
22	p.82	45	p.171		
23	p.84	46	p.174		

달의 뒷면

사색하는 숲에 뜬 첫 번째 달 이야기	p.243
사색하는 숲에 뜬 두 번째 달 이야기	p.250
사색하는 숲에 뜬 세 번째 달 이야기	p.254
사색하는 숲에 뜬 네 번째 달 이야기	p.258
사색하는 숲에 뜬 다섯 번째 달 이야기	p.262
사색하는 숲에 뜬 여섯 번째 달 이야기	p.267
사색하는 숲에 뜬 일곱 번째 달 이야기	p.270
사색하는 숲에 뜬 여덟 번째 달 이야기	p.274
사색하는 숲에 뜬 아홉 번째 달 이야기	p.280
Épilogue	p.283

想林月

사색하는 숲에 뜬 달

[사색할 상, 수풀 림, 달 월]

- 달의 앞면 -

Derevo's Idea 3.29.29, Seoul, 2012, Pen on paper, 126 x 59.4 cm

그, 그녀, 남자, 여자.

네 사람의 숲에 뜬 달 이야기

"우리에겐 모두 각자의 숲이 있다."

1

그녀의 숲은 대부분 고요했다.

하늘하늘한 얇은 꽃잎을 달고 있는 나무들이 숲 둘레에 아름답게 자리 잡고 있었다.

하지만 자세히 보면, 수없이 휘몰아친 폭풍으로 인해 나뭇잎들이 모두 떨어져 있었다. 가지들이 꺾이며 남긴 날카로운 잔해들. 마구잡이로 휘갈켜진 흔적들이 숲 중앙에 여기저기 남아 있는, 조용하고 황폐한 숲이었다.

2

그의 숲은 늘 변화가 많았다.

정신없이 빠르게 모든 것들이 사라졌다 생기는 것을 반복했다. 시끌시끌하고 복잡하게 얽혀 있어 그의 숲에 들어온 사람들은 길을 잃기 십상이었지만, 그의 숲에는 손님들이 늘 북적거렸다.

손님들은 한결같이 그의 숲 한가운데에서 큰 소리로 웃고 떠들고 즐거워했다.

그 역시 즐거웠다.

想林月 달의 앞면

3

그녀는 숲에 누군가를 초대할 때 아주 신중했다.

여러 각도로 세심하게 관찰하는 그녀의 까다로운 기준을 통과한 사람들만이 그녀의 숲 둘레에 겨우 머물 수 있었다.

그런 두 사람의 숲이 합쳐지는 과정은 너무나도 복잡했다. 어떤 날은 시속 200km로 달리는 자동차들이 서로 부딪히는 것처럼 충돌하는 느낌이 숲 전체에 울려 퍼졌다. 숲 안의 돌들이 부서지고, 날카로운 돌조각과 흙가루들이 서로의 숲에 박혀버리기도 했다. 게다가 뿌리가 단단히 박힌 나무들의 위치를 옮기는 건 불가능에 가까웠다.

서로의 숲이 지닌 즐거움들도 충돌했다.

고요한 새소리와 적당히 무거운 공기, 조용한 달빛을 즐기던 그녀의 숲에는 시끄러운 사람들의 목소리와 알코올 냄새, 달빛을 가리는 밝은 네온사인들이 침범하기 시작했다.

사람들의 밝고 기운 넘치는 에너지가 즐비하던 그의 숲에도, 고요함을 원하는 작은 새들이 둥지를 틀기 시작했다.

단단한 나무들의 자라나는 가지들끼리도 서로 얽히고설키며 숲의 경계를 허물기 시작했다. 어떤 날은 갑작스럽게 친 번개가 말라버린 나뭇가지에 떨어져 그의 숲에 불이 나기도 했고, 또 어떤 날은 그치지 않는 비로 인해 그녀의 숲에 거센 홍수가 휘몰아쳤다.

그렇게 서로의 숲을 할퀴고 침범하며 때로는 각각 분리될 것 같기도 했지만, 그들의 숲은 점점 더 견고하게 합쳐지고 있었다.

그러던 어느 날이었다.

화려하고 아름다운 숲에 사는 또 다른 남자가 그녀의 숲에 다가왔다.

想林月 달의 앞면

4

남자의 숲은 아름다웠다.

꽃들이 형형색색으로 피어 있었고, 커다랗고 웅장한 나무들이 숲의 둘레를 단단하게 지키고 있었다.

하지만 남자의 숲 중앙에는 아무 생명도 살지 않았다. 그곳은 어떤 누구에게도 허락되지 않은 공간이었다. 남자 자신, 오직 혼자만을 위한 공간이었다.

남자의 숲에는 특이하게도 플라밍고(홍학)들이 살고 있었다. 보통의 숲에 사는 작은 박새나 동고비는 찾아볼 수 없었다. 크고 단단한 나무들과, 채도 높은 물감을 풀어 놓은 듯한 꽃들 사이에 있는 홍학 무리는 누가 봐도 장관이었다.

남자의 숲 속, 홍학 무리에서 우두머리를 찾는 방법은 아주 쉬웠다.

바로 상태가 엉망인 수컷!

그도 그럴 것이, 우두머리 자리를 지키려면 시도 때도 없이 도전을 받고 싸워 이겨야 하니, 깃털이 빠지고 상처투성이가 될 수밖에 없기 때문이었다. 아주 곱고 상처 자국이 하나도 없는 수컷 홍학은 처음부터 우두머리가 되기를 포기하고, 무리에서는 고고한 싱글 신세를 유지한다.

숲의 주인인 남자는 그 고운 수컷 홍학마냥 숲의 완벽한 상태를 유지하며 지금까지 어떠한 숲과도 진정한 결합을 하지 않았다. 남자의 숲은 그렇게 달빛이 뜨고 지는 자연의 순환을 수도 없이 받아들이고 거쳐 왔다.

어떤 밤.
은은한 달빛이 부드럽고 따뜻하게 남자의 숲 곳곳을 비추고 있었다. 남자는 숲 한가운데서 평화롭게 쉬고 있었다.

想林月 달의 앞면

모든 것이 제자리에, 잘 가꾸어진 남자의 숲.
그곳에 없는 것이 딱 하나 있었다.

바로, 함께 이 화려한 아름다움과 평화를 누릴 여자!

사실, 이 세상 모든 생명체들이 짝을 이루고 살아야 하는 건 아니다. 그럴 필요도, 이유도 없다. 하지만, 남자가 단 하나의 결핍을 느낀 그 순간. 남자는 누구보다도 더 격렬하게 특별한 여자를 원했다.

자신의 숲의 어떠한 형태도, 모양도, 생태계도 건드리지 않고 조용히 자신의 숲에 들어와 함께 이 모든 아름다움과 고요함을 즐길 여자!

5

여기, 다시 변화가 많고 시끌벅적한 그의 숲.

침엽수와 활엽수가 마구잡이로 엉켜 자라고, 웅덩이가 여기저기 방치되어 있던 숲은 조금씩 그녀의 숲과 만나고 나서 정돈되어 갔다. 대부분의 것들이 말라서 날카롭게 벼려져 있던 그녀의 숲도 조금씩 물기를 머금고 활기를 찾아가기 시작했다.

이제 두 숲은 견고하게 결합되어 하나처럼 보이기도 했다.

그러던 중, 그녀의 숲에 아주 작고 귀여운 새싹 하나가 깊은 땅을 뚫고 올라오기 시작했다. 그랬다. 그들 사이에 아이가 생긴 것이었다.

사실, 숲의 결합으로 지칠 대로 지친 그는 작은 새싹이 딱히 반갑지는 않았다. 하지만 상관없었다. 새싹은 그녀의 숲에서 태어났지, 그의 숲에서 싹을 틔운 건 아니니까.

작은 새싹이 나뭇가지마냥 얇았지만 뿌리를 내리고 땅 위에 당당하게 섰을 때, 그의 숲은 그녀가 아닌 다른 여성과 숲의 일부를 주고받았다.

그의 숲의 변화를 알아차린 그녀는 절망했다.

그래도 그녀의 고통과는 상관없이, 작은 나뭇가지는 잘 자라나갔다.

그때쯤이었다. 홍학들이 사는 숲에 사는 남자가 그녀의 숲을 지긋이 바라보던 때가.

그때쯤의 그녀의 숲은 예전과는 달랐다.

날카로운 나뭇가지들은 하얀색 가련한 꽃잎을 지닌 꽃들을 풍성하게 달고 있었고, 그의 숲과 결합되는 충돌의 과정을 이겨내며 자란 강하고 억센 풀들이, 부드럽고 연약해 보이는 꽃잎들과 함께 공존하고 있었다. 숲 한편엔 매끈한 자갈들과 사금파리들이 흩어져 있었지만, 어딘가 모르게 정렬되어 있는 모양새로 있었다. 단단한 부리와 날개를 가진 독수리 무리와 작고 귀여운 박새 무리가 함께 하늘을 날고 있는 이상하면서도 신비스러운 공간이었다.

    남자는 한동안 그녀의 숲을 바라보고 관찰했고, 결국 그녀를 소유하고 싶은 욕망에 사로잡혔다.

    하지만, 다른 숲과 이미 뒤엉켜 있는 그녀의 숲과 자신의 완벽한 숲을 결합한다는 것은 있을 수 없는 일이었다. 심지어 그녀의 숲에는 작지만 이미 뿌리를 내린 작은 나뭇가지도 있었다.

    자신의 완벽하고 아름다운 숲 한가운데에서 달이 둥그렇게 차오른 밤, 남자는 그녀의 여리고 우아하면서도 강인한 자태를 떠올리며 마침내 마음을 먹었다.

    그녀의 숲에서 그녀만을 빼내오기로.

想林月 달의 앞면

6

 그의 숲은 작은 나뭇가지의 등장으로 다시 소란스러워졌다.

 다른 여성의 숲과 아무렇게나 일부분을 공유한 나머지, 공들여 가꿔온 그들 숲의 질서는 깨어졌고, 그는 작은 나뭇가지에게 그 탓을 돌렸다.

 작은 나뭇가지는 아버지의 눈치를 보며 자라났다.
 감정의 소용돌이를 감당하지 못할 때면, 숲이 떠나가게 큰 소리로 고함을 치는 통에 불쌍한 작은 나뭇가지는 새들과 소통하는 법을 배울 수 없었다.
 하지만 엄마의 부드러운 품과 목소리 덕에 아이는 따뜻한 심성을 지켜나가며 자랄 수 있었다.

그의 숲이 엉망이 된 것처럼 그녀의 숲도 다시 황폐해졌다. 작은 나뭇가지를 지켜야 하기에 숲의 둘레는 더 단단하게 무장되어 약간은 기이하고, 신비롭게 보였지만 중심부터 시작된 숲의 붕괴는 막기 어려울 정도로 심각해져 갔다.

그녀의 숲은 모든 것을 갖춘 것처럼 보였지만, 중앙부는 어느새 텅 비어져 버렸다.

(홍학을 거느린 숲의) 남자는 그녀 숲의 빈자리를 알아차렸고, 기뻐했다. 그녀의 숲이 붕괴되면 될수록 자신의 숲에 온전히 그녀만을 빼올 수 있다고 생각했기에, 그녀의 숲이 모두 다 무너지기를 바랐다.

그녀의 숲의 빈 공간을 찾아낸 건 홍학을 거느린 남자 뿐만은 아니었다. 당연히 숲을 공유하는 그도 그녀의 숲이 빠르게 파괴되고 있음을 알아차렸다.

(홍학을 거느린 숲의) 남자는 서서히, 하지만 빠르게 그녀의 삶에 스며들었다. 혼자 자신만의 숲에서 보냈던 시간이 길었던 만큼, 그녀를 처절하게 갈구했다.

그녀의 빈 공간을 채워줄 것처럼 콤한 말들을 했고, 자신의 숲에서 꺾어 온 크고 탐스러운 꽃송이들을 매일같이 그녀에게 안겼다.

그녀는 남자가 준 꽃을 그녀의 숲 중심에 심었다.
뿌리가 없는 꽃들은 곧 시들어 죽어나갔지만, 보라색 꽃 한 송이만이 작은 뿌리를 내리고 척박한 땅에서 숨을 쉬기 시작했다.
보라색 꽃이 꽃가루 향을 풍기자, 벌들이 꽃가루를 여기저기 옮겨다니며 뿌리기 시작했다. 마치 마법의 가루 마냥 꽃가루들은 달빛에 반짝였다.
하지만 이 마법의 가루들은 마치 불씨처럼 숲 여기저기를 타들어 가게 했다.

그녀의 마음은 남자로 인한 기쁨도 있었지만, 여기저기 검게 그을러 갔다. 마음의 아픔은 곧 몸으로 이어졌다. 그는 그녀가 아프기 시작하자 그제야 자신이 그녀를 너무 방치하고 돌보지 않았음을 깨달았다.

항상 그녀는 그와 아이를 위해 헌신했는데, 자신은 그녀의 배려를 당연하게 여겼다는 뉘우침을 하고 나니 그녀의 숲이 무언가 이상하게 느껴졌다.

누군가의 흔적!
그녀의 숲에 누군가 흔적을 남겼다!

그는 질투심에 잠을 이룰 수 없었다.
하지만 자신 역시 다른 여자와 이미 숲의 일부를 공유했던 경험이 있었기에 그녀에게 따질 수도 없었다.
사실, 그는 그녀가 어떤 말을 할지가 두려웠다.

'작은 나뭇가지를 데리고 이제 내 숲을 떠난다고 하면 어쩌지.'

고장이 나 멈추지 못하는 회전목마처럼 걱정들이 계속 머릿속에서 돌아갔다.

그리고는 감히 그녀의 숲에 흔적을 남긴 놈이 누군지에 대해 궁금해 미칠 지경이었다.

想林月 달의 앞면

7

홍학들이 즐거이 놀고 있는 남자의 숲.

달빛이 거의 없는 밤, 남자는 그녀를 향한 자신의 감정이 두려웠다. 사실 남자 주변에는 꽤나 볼 만한 숲을 지닌 여성들이 차고 넘칠 정도로 많았다. 그럼에도 불구하고 어째서 이미 다른 숲과 단단하게 결합된 그녀에게 빠졌는지를 이성적으로 따져보고 있었다.

그녀가 아름다워서? 아니다.
물론 그녀는 아름답고 우아했지만, 그 이유라기엔 이 세상엔, 그리고 남자 주변엔, 예쁜 여자가 너무나 많다.

그녀가 지적이라? 아니다.

자신을 채우기 위해 많은 걸 배워온 남자 주변의 여성들도 다들 지적 수준이 높았다.

그렇다면 무엇일까?
남자는 밤이 가도록 생각하고 또 생각했지만, 이유를 알 수 없었다.

그러다 결국 도달한 결론은 이것.
자신이 그녀에게 사랑에 빠졌다는 것.
그거 말고는 더 이상 이 감정을 설명할 수 없다!

어떤 누구도 자신보다 우월하지 않다고 생각하며 살아온 남자이기에, 그녀를 탐하기 시작했을 때는 사실 그녀의 남편인 '그'에 대해 관심조차 없었다. 그가 틀림없이 형편없을 거라 생각했다.

하지만, 그녀를 사랑한다고 결론이 나자 남자는 약간 초조해졌다. 저런 여자를 방치하는 남편이라면, 밖에 또 다른 여성이 있을 가능성이 있다. 그렇다면 그는, 홍학의 우두머리 같은 놈일 수도 있다는 생각이 스쳐 지나갔다.

홍학들의 우두머리.

겉보기엔 형편없을지라도 암컷들의 모든 사랑을 차지하는 단 한 마리. 남자도 모든 남성들처럼 한때는 홍학의 우두머리가 되고 싶었던 적이 있었다.

하지만 어린 시절부터 거듭되는 여성들과의 숲의 결합 실패로 남자는 곱게 자신의 숲만을 가꾸고 치장하는 데 모든 에너지를 쏟았다.

그래서 겉에서 봤을 때, 남자의 숲 역시 그녀의 숲처럼 모든 것을 갖춘 것처럼 보였지만, 중심에는 아무것도 없었다.

아마도 남자가 그녀에게 사랑에 빠진 이유는 그녀 역시 자신과 비슷한 형태의 숲을 가지고 있었기 때문이 아니었을까.

8

그는 작은 나뭇가지를 생각했다.

두툼한 땅을 뚫고 나온 연하고 부드러운 싹 하나에 불과했던 작은 나뭇가지는 달의 순환을 스무 번쯤 이겨내고 어느새 귀여운 여자아이로 성장해 있었다.

여자에게 아빠라는 존재란, 처음 경험하는 남성이기에 너무나 중요한 존재였다. 그러나 지금까지 그는 자신의 감정을 여과 없이 아이에게 보여줬었다.

그는 불현듯 자신의 행동을 깊이 뉘우쳤다. 하지만 어디서부터 시작해야 할지 도무지 알 수 없었다.

그는 마른 나뭇잎 가루들이 쌓여 뽀얗게 회색빛이 된

작은 물조리개를 들고 살며시 작은 나뭇가지에게 다가갔다. 물의 온도가 너무 뜨겁지는 않은지, 반대로 너무 차지는 않은지 신경이 쓰였다. 물을 주는 양도 마찬가지였다. 너무 많은 양의 물을 먹은 나뭇가지들이 제멋대로 자라 부모의 숲을 망치고 스스로도 꺾어진 경우를 어디선가 들어본 것 같았다.

망설이는 그에게 작은 나뭇가지는 방긋 웃었다.

"아빠."

아이의 웃음과 목소리에 마음이 평안해진 그는 아이를 살포시 안았다.

그간 가정을 소홀히 한 것에 대한 후회의 감정이 빚은 행동인지, 그녀의 숲에 침입한 불청객을 내쫓기 위해 본능적으로 그녀와의 연결고리인 아이를 소유하고자 하는 행동인지, 스스로도 알 수 없었다.

어찌되었든, 물조리개의 물이 적당한 온도의 알맞은 양

으로 작은 나뭇가지에게 뿌려졌다. 축축하게 젖어 있는 작은 나뭇가지를 안으며 그는 처음으로 부성애라는 감정을 느꼈다.

나의 아이.
그녀와의 사랑의 결실.

그는 다시는 이 소중한 존재를 당연시 여기어 방치하지 않겠다고 다짐했다.

9

　작은 나뭇가지는 그동안 아버지가 물을 전혀 주지 않는 통에 엄마의 눈물을 양분으로 커왔다. 그런 작은 나뭇가지에게 아빠의 물조리개에서 나오는 물은 새로운 안정과 기쁨이었다.

　<u>보호.</u>
　조건 없는 사랑.

　어떠한 낯선 공간에서도 나를 지켜줄 수 있는, 함께 있으면 안심할 수 있는 존재. 작은 나뭇가지에게 그는 기댈 수 있는 생애 첫 단 한 명의 남성이었다.

　아버지.

10

    그녀는 그가 갑작스럽게 아이를 챙기는 모습에 설명하기 힘든 감정을 느꼈다.

    홍학을 거느린 남자에게 텅 빈 마음의 일부를 의탁하며 힘겹게 하루하루를 보냈던 그녀였다.

    아이로 인해 그의 사랑을, 그의 마음을,

    다시 그녀의 숲으로 가져올 수 있을까.

想林月 달의 앞면

11

  (홍학을 거느린 숲의) 남자는 매일 밤 그녀에 대한 생각을 했다.

  다른 숲과 이미 결합된 부분을 어떻게 하면 떼어낼 수 있을지를 생각하는 게 아닌, 오직 그녀만 자신의 숲으로 데리고 나오겠다고.

  그렇지만, 남자의 계획은 반달이 비추던 날 밤, 달의 빛나는 면과 어둠의 경계를 바라보던 중에 바뀌어버렸다.

  그 밤, 남자는 그녀를 위해 자신의 숲의 모양새를 기꺼이 포기하기로 했다.

사랑이라는 감정은 얼마나 위대한가.

평생 어떤 누군가로 인한 변화를 거부하던 남자는 그녀의 숲 그 자체를 받아들이고 싶어졌다.

하지만 자신의 숲을 어디까지 열어야 할지, 그녀의 숲을 어디까지 품어야 할지 막막하기만 했다. 단지 남자가 아는 건 여자들은 꽃을 좋아한다는 것. 잘 가꾸어진 아름답고 화려한 숲을 좋아한다는 것뿐이었다.

그런 이유로 지금까지 남자는 그녀에게 자신의 숲에서 꺾어 온 꽃만을 주는 행동만을 할 수밖에 없었다. 하지만 꽃은 피고 지고, 봉오리에서 만개할 때까지 모양이 빠르게, 빠르게, 변하는 변덕쟁이였다. 그래서 남자의 깊은 마음과는 달리 그녀는 남자가 주는 꽃들을 통해 관계의 어떠한 확신도 얻지 못했다.

처음엔 꽃가루들은 남편이 아닌 다른 남성에게 마음을 빼앗겼다는 죄책감의 불꽃이 되어 그녀의 숲을 조금씩 검게 그을리게도 했었다.

想林月 달의 앞면

하지만 거듭되는 남자의 꽃들은 관계의 불확실성과는 별개로 그녀의 파괴된 숲에 활기를 채워줬다.

그녀가 활기를 찾아갈수록, 그는 작은 나뭇가지를 안은 채 초조해했다.

Derevo's Idea 6.9.66, Seoul, 2014, Pen on paper, 63 x 89.1 cm

12

그의 숲과 일부를 주고받았던 여자 이야기.

여자의 어린 시절은 꽤나 풍요로웠다.
서울의 대단지 아파트. 중간 평수에서 외동으로 태어난 여자는 부족함 없이 자랐다. 여자의 아버지는 자신의 딸을 너무나 사랑한 나머지 모든 것을 허용해주었다.

"너는 너무 예뻐."
"넌 너무 똑똑해."
"필요한 게 있으면 말만 하렴. 아빠가 다 구해줄게."

매일매일 부모에게 듣는 달콤한 찬사들과 결핍이라곤 찾아볼 수 없는 나날들.

하지만 밖은 달랐다. 사회에서 만난 사람들은 여자의 결점을, 오만함을 지나쳐주지 않았다. 여러모로 평범하고 오히려 사회적 기준에서 떨어지는 외모의 여자를 찬양해 주는 사람은 없었다.

사실 이 세상엔 완벽한 사람은 없다. 완벽하다는 착각의 환상에 빠져 신의 권위에 도전하는 우매한 인간만이 있을 뿐.

하지만 태어나서부터 모든 면에서 찬양을 듣고 자라 온 여자였기에 여자는 그 사실을 받아들일 수 없었다.

여자의 숲의 중심은 빽빽하고, 가지는 뒤틀려져 있었다. 여자 자신이 직접 가꿔나간 부분은 없었다. 이 모든 건 여자의 아버지가 만들어 놓은 것일 뿐. 아버지가 만들어준 뒤틀리고 견고한 숲의 틀은 사회에서 만난 다양한 사람들과의 관계에서 곧 깨어지고 짓이겨졌다.

그때마다 여자는 너무나 괴로웠다.

가정이라는 작은 사회에선 자신이 가장 아름다운 여성이었고, 무엇을 원하든 다 가져다 바치는 부모 덕에 여자는 작은 권력자였다.

남보다 탁월하다는 느낌을 가지고 싶었지만, 타인보다 나아지려면 치러내야 하는 노력 따위는 해본 적도 없고, 하고 싶지도 않았다.

결국 성인이 된 여자가 자신의 우월함을 입증하기 위해 택한 방법은, 소위 말하는 임자 있는 남자를 빼앗는 것이었다.

처음부터 그럴 생각은 없었다.

시작은 여자가 대학교 신입생이었을 때, 그러니까 갓 피어난 꽃들이 가진 싱그러움이 모두에게 축복처럼 내려진 나이였을 때였다.

여자의 지도교수는 여자보다 족히 두 배 이상 인생을 살아온 남자였다. 또래 무리의 남자들에게는 어떠한 성적 어필도 할 수 없었던 여자였지만, 지도교수에겐 여자의 처녀

성 자체가 큰 매력으로 느껴졌다.
 결국 그렇게 여자의 뒤틀린 숲에 늙은 지도교수가 들어왔다.

 지방의 대학에서 강의를 하는 교수는 주중에는 대학교 옆의 작은 오피스텔에서 생활했고, 주말이 되면 아이들과 부인이 있는 서울로 향했다.

 지도교수의 오피스텔 한쪽 벽면엔 커다란 가족사진이 걸려 있었다. 찍은 지 이미 몇 년이 지나 촌스러운 느낌이 있었어도, 부인과 어린 아이들이 아빠와 함께 환하게 웃고 있는, 누가 봐도 행복한 가정의 순간을 잘 담아낸 사진이었다.

 뭐가 뭔지도 모르게 끝이 나버린 여자의 첫 경험은 그 가족사진이 걸린 오피스텔 바닥이었다. 술기운이 걷히고 정신을 차리고 나니, 행복한 미소의 가족사진이 눈에 들어왔다. 수치라는 감정에 대해 알고 보편적인 도덕이라는 것을 교육받은 사람이라면 그 상황에서 도망치듯 자리를 뜨는 것이 마땅할 터.
 허나 갓 스무 살의 여자는 부인의 사진을 보며 우월감

에 젖어들었다.

'교수 부인이어도 아무 소용 없네. 당신 남편은 지금 나에게 빠져 있어.'

어리석은 행동과 멍청한 생각이었지만 여자는 늙은 교수가 첫 관계 이후 자신에게 빠져 허우적대는 모습이 즐거울 뿐이었다.
하지만 교수와의 관계는 반 년이 채 안 된 상태에서 끝나 버렸다.

남편의 외도를 알아차린 교수의 부인이 가만히 있었을 리가 없었고, 한바탕의 난리를 통해 학자로서 어렵게 쌓아온 명예와 아버지로서의 법적인 지위가 상실된 채로 교수는 여자의 숲을 도망치듯 빠져나갔다.

지저분하고 추악할수록 소문은 빨리 퍼진다.
이야기는 사실과 상상이 더해져 살을 불리며 퍼져나가고, 결국에는 쌓이고 쌓인 공기를 못 이기고 터져 버리는 풍선처럼 한순간에 터지고 만다.

想林月 달의 앞면

지도 교수와 신입생의 불륜 소문 역시 그러했다. 소문의 주인공인 여자 역시 어쩔 도리 없이 재수 끝에 붙은 대학에 자퇴서를 내고 부모가 있는 서울의 집으로 돌아가야만 했다.

여자의 부모는 불쌍한 자신들의 외동딸을 감싸고 교수를 원망했다. 다시는 그런 어리석은 행동 따위는 하지 말아라 등의 훈계나 교수의 부인과 아이들이 받았을 충격과 상처들은 언급조차 되지 않았다.

단지 여자의 부모는 지방에서의 딸의 작은 실수가 서울까지 퍼지지만 않기를, 우리의 작고 귀여운 새가 상처받지 않았기만을 걱정할 뿐이었다.

여자의 부모는 용하다는 작명소에 찾아가 받아온 이름으로 딸의 개명을 신청하였고, 혹시 모를 소문의 꼬리표를 떼어내기 위해 딸의 성형을 감행했다.

이렇게 하면 누구도 너의 과거의 행적을 알지 못할 거라고, 어떠한 걱정도 너는 할 필요가 없다고, 안심하고 너는 너의 삶을 당당하고 아름답게 살아가면 된다고 위로해 주며 성형으로 달라진 얼굴의 딸을 안아주고 미래를 새로 설계해 나갔다.

그리고 이듬해 여자는 미국의 작은 소도시로 유학을 떠났다.

바뀐 이름과 바뀐 얼굴 사진이 새겨진 여권을 가지고.

13

그녀 이야기.

그녀의 어린 시절은 참혹했다. 경제적으로는 나무랄 데 없는 집이었지만, 그녀의 부모는 매일같이 소리 지르고 폭력적으로 싸워댔다.

똑똑하고 예쁜 성품을 타고난 아이는 불행히도 사랑이라는 걸 모른 채 자랐다. 아버지와 어머니가 격렬하게 다투고 나면, 남은 감정 찌꺼기들의 처리는 모두 그녀의 몫이었다.

세 살 많은 오빠가 있었지만, 아버지는 그녀를 때리고 윽박지르는 것으로 분풀이를 했고, 어머니는 그녀를 붙잡고 신세 한탄을 하는 것으로 매일의 싸움은 마무리가 되었다.

하지만 마음이 선하고 영특한 아이에겐 복이 있는 법. 마음 둘 곳 없던 아이는 그림과 만들기에 재능이 뛰어났다. 게다가 집안 대대로 지닌 물질의 풍요로움 덕에 외모는 귀한 느낌을 풍겼고, 왠지 모를 우울함이 겹쳐 아이는 신비스러운 느낌으로 자라났다.

어린 그녀가 어렵사리 꺼낸 속사정을 들은 한 미술 선생님에게 그녀는 가르침과 인정을 받으며 커 나갔다.

밖에선 고생을 모르고 자란 부잣집 귀한 딸.
집안에서는 가정폭력과 아동학대의 희생자.

그녀의 두 가지 모습이었다. 그녀의 오빠는 그녀가 아빠에게 맞든 말든 상관하지 않았다. 두려웠다. 또 한편으로는 부모의 화풀이 대상이 자신이 아니라는 것에 안도했다. 성인이 되기도 전부터 덩치가 아버지보다도 훨씬 커졌지만, 부모를 거스를 경우 경제적 지원이 끊길까 봐 여동생이 매일 이유 없이 맞는 모습을 묵인할 수밖에 없었다.

남들이 요란하게 겪는 사춘기를 조용히 보낸 후, 그녀는 서울에 있는 한 미술대학에 진학했다. 학군지의 여중, 여고를 나온 그녀는 초등학교 이후 처음으로 또래의 남자 무리와 섞였다.

올해 신입생 중 가장 예쁜 애가 서양화과에 있다는 소문은 멀리 경영학과에까지 퍼졌다.

그는 그때쯤 군대에서 만기 전역을 하고 복학을 했다.

서양화과 신입생 이야기는 그해 같은 대학교 남자들 사이에서 큰 화젯거리였기에, 복학생인 그도 그녀가 궁금했다.

서양화과 신입생 필수 이수 과목이면서, 전 학과 학생이 수강할 수 있는 교양 과목으로 개설된 '서양미술사'는 2학기 인기 강의였다.

복학생인 그도 여느 남자들과 다르지 않은 마음으로 수강을 신청했고, 학기 말쯤 조별 과제가 주어졌을 때, 그들은 교수의 지정으로 같은 조가 되었다. 함께 과제를 수행하는 과정에서 특유의 밝은 에너지와 다정하고 섬세한 그의 배려는 그녀에게 특별하게 느껴졌다.

자신에게 늘 무심하고 그늘진 표정을 하고 있는 친오빠와 동갑이었지만, 그는 전혀 달랐다. 늘 먼저 그녀에게 필요한 것이 있는지를 물었고, 그녀의 수업이 끝나는 시간에 맞춰 따뜻한 커피를 들고 기다리는 날들이 계속되었다.

아버지나 오빠에게선 찾아볼 수 없었던
처음으로 느끼는, 남자의 따뜻함.
그 따뜻함에, 그녀는 그를 자신의 숲에 기꺼이 초대했다.

하지만 그녀는 몰랐다.

그녀의 마음을 어렵지 않게 얻어낸 그가, 다른 이들과 어찌 지내왔는지를.

14

그의 이야기.

그는 호기심이 많은 아이였다. 개구진 미소로 장난을 쉴 새 없이 쳤지만, 누구도 그를 도통 미워할 수 없었다.

그의 부모님은 사이가 좋았다. 적어도 어린 그의 눈에는 그렇게 보였다. 주말에는 가족들이 다 함께 외식을 하거나 여행을 떠났다. 아들이 셋인 집에, 나이 차이가 많이 나는 개구쟁이 막내는 늘 밝고 명랑했다. 공부를 잘하는 형들 영향으로 배움엔 큰 뜻이 없었지만, 좋은 대학의 경영학과에 들어갔다.

시원한 미소, 키가 크고 훤칠한 스무 살의 그는 정신없이 그의 몸을 알코올과 여자 친구, 여자 선배들과 섞어댔다.

1학년 1학기가 채 지나기도 전에, 그에 대한 소문은 퍼질 대로 퍼졌다. 그저 자신 안의 넘치는 사랑을 원하는 여자들과 나누었을 뿐인데라고 합리화했지만, 그를 바라보는 동기들의 좋지 않은 눈빛은 살면서 처음으로 그를 위축되게 만들었다.

이미 결혼을 한 형들에게 자신이 한 행동을 털어놓자, 형들은 그의 행동을 나무랐다.
한 번에 여자 한 사람만 바라보고 사랑해야 한다고, 이성 간의 관계에 있어서 호기심은 자제해야 할 때도 있는 거라고, 그리고 상대방에게 애정을 빌미로 상처를 주어서는 안 된다고 했다. 그리고 형들은 마지막으로 피임을 철저하게 해야 한다는 당부도 잊지 않았다.

자신의 행동이 잘못되었다는 것을 깨닫고 나니, 다시 학교로 돌아갈 자신이 없었다. 허나 공부를 다시 해서 재수를 하고 지금보다 더 좋은 대학에 들어갈 자신도, 의지도 없었다.

결국 그는 대학에 입학한 2학기에 군대로 도피하듯 입영했다.

15

(홍학을 거느린 숲의) 남자 이야기.

서울의 한 고층빌딩.

대한민국의 한 대형 회계법인의 최연소 임원.
남자가 가진 타이틀이었다.

1등, 천재, 수석.
이 단어들은 남자에게 친숙한 단어였다.

남자의 조부모는 손자를 간절히 원했다. 하지만 계속해서 손녀만을 출산한 남자의 모친은 집안 내에서 어떠한 인정도 받지 못한 채로 수년간 딸 셋을 키웠다.

想林月 달의 앞면

둘째 부인을 얻어서라도 아들을 얻어야 하지 않겠냐는 망언과 고성, 한스러운 눈물의 시간 속에서 부인이 네 번째 임신을 하자, 남편을 포함한 집안의 모든 어른들은 산에 있는 절에 매일 올라 치성을 드렸다.

그렇게 남자가 태어났다.

집안의 모든 축복과 기대를 한몸에 받으며 자라난 남자는 총명함이 지나칠 정도였다. 집안의 어르신들이 장기(將棋) 두는 모습을 몇 달 내내 옆에서 관찰하더니, 7살이 되던 해부터는 동네에서 남자를 장기로 이길 수 있는 어른이 없었다.

남자가 국민학교에 입학하고, 2학년 여름방학이 시작되기 전, 담임선생님이 남자의 모친을 학교로 불렀다. 받아쓰기며 산수며 모든 학업에서 항상 1등만을 해온 남자였기에, 모친은 아들에 대한 아무런 걱정 없이 학교로 향했다.

그러나 선생님은 남자의 사회성이 염려스럽다며, 친구들과 의미 있는 관계를 맺지 못하고 있다 했다. 더불어 머리가 굉장히 좋은 아이이니 지능 검사와 종합적인 검사를 받아보는 것이 어떻겠냐며 조심스레 말을 건넸다.

"제 아들은 머리가 너무 좋아서 또래와는 맞지 않아요."

"맞습니다, 어머님. 그러니 전반적으로 검사를 받아보고 아이에게 도움이 되는 방향을 정확히 찾으시면 좋겠습니다."
남자의 교우관계의 어려움과 사회성의 부족함을 에둘러 설명했지만, 다행히도 담임선생님의 남자를 걱정하는 마음이 모친에게 정확하게 전달되었다.
다음 날 모친은 서울의 가장 큰 종합병원에 아들의 검사를 예약했다.

'소아정신과.'

정신과라는 단어의 무게가 한없이 무겁게 느껴졌다.
남자에게는 오늘 엄마와 이곳에 온 건 둘만의 비밀이라고, 어떤 누구에게도 말해서는 안 된다고 수십 번을 당부했다.

'어차피 지능 검사도 하는 거니까. 아이가 얼마나 영특한지 그걸 알아보러 온 것뿐이니까.'

남자의 모친은 마음속으로 되뇌이며 어린 남자를 검사실로 들여보냈다.

2주 뒤.
검사 결과는 예상치 못한 방향으로 흘러갔다.

"아드님은 지능지수가 상당히 높네요. 소위 말하는 영재라고 볼 수 있고요."

'영재'라는 말에 모친은 안도했다.

"사회성 부분에서 발달이 현저하게 지연되어, 그 부분은 치료가 필요합니다. 사실 사회성 치료는 일찍 시작할수록 효과가 좋은데, 이 부분은 좀 아쉽지만 아이가 머리도 좋고 아직은 그래도 아주 많이 늦은 건 아니니 빨리 시작하세요."

'발달 지연? 치료?'

모친은 귀를 의심했다.

"아이의 어린 시절 발달 과정 이야기를 듣고 싶네요."

의사는 모친의 기억을 아주 예전으로 돌려놓았다.

임신 때의 산모의 상태, 신생아 때의 남자, 36개월 이전의 발달 상태.

"약간의 자폐 성향이 보이네요. 다만 고지능자에게도 동일한 특징이 보이는 경우도 있고요. 이 부분은 별도로 검사를 진행하면 좋을 것 같습니다. 사회성 치료실은 연결해 드릴게요."

'자폐? 치료?'

모친은 정신이 혼미해졌다.
누구보다 똑똑하고 뛰어난 아들이었다. 그런 아들이 치료가 필요하다니, 속이 매스껍고 동공에 힘이 빠지며 눈앞이 캄캄하게 느껴졌다.

想林月 달의 앞면

모친은 검사 결과를 어떤 누구에게도 발설하지 않았다. 병원에서 소개해 준 사회성 치료센터에서 전화가 왔을 때는 "우리 아들에겐 치료가 필요 없다"며 다시는 연락하지 말라고 악다구니를 썼다.

그렇게 남자는 친구 하나 없이 국민학교를 1등으로 졸업했다. 하지만 상관없었다. 남자는 한눈에도 뛰어났고, 같은 학급 학생들은 그런 남자가 신기할 따름이었다. 무언가를 알려주기를 좋아하는 남자에겐 공부를 물어보는 아이들이 늘 있었기에, 친구가 없어도 외로움을 느끼지 않았다. 계속해서 남자는 뛰어났고, 모두가 예상한 대로 명문고등학교를 거쳐 명문대에 진학했다.

공부에 모든 시간을 쏟아붓던 고등학교 시절이 지나고 대학에 들어가자, 본격적으로 남자의 인간관계에서 소통에 대한 문제가 두드러지기 시작했다. 동기와 선배들과 몇 번의 문제를 겪고 난 후, 남자는 대학 도서관에 있는 인간관계 처세술과 올바른 언어 습관 등의 사회관계 기술과 인간 심리에 관한 서적들을 모조리 읽기 시작했다.

그렇게 성인이 된 남자는 책으로 자신의 문제를 직면하고 해결하고자 했다. 다행히 책들은 몇 가지 사회 기술을 습득할 수 있게 도와주었다.

시간이 지나며 차츰차츰 동기들과 조금씩 섞여서 지내기 시작했다. 여전히 매끄럽지는 못했지만, 지속적으로 가끔 연락을 주고받는 남자 동기도 생겼고 남자 선배들과의 술자리도 두어 번쯤 나갔다.

하지만 사랑의 기술, 여성의 심리, 좋아하는 여성의 마음을 차지하는 법 따위의 연애 관련 책들은 아무리, 아무리, 읽어도 이해가 되지 않았다.

누나가 셋인 집의 귀하디귀한 막내아들. 하지만 여성의 마음을 단 한 구석도 이해할 수 없는 남자. 누나들에게 도움을 청할 수도 없었다. 집안의 모든 어른들에게 지독한 성차별을 겪고 자란 누나들은 어린 남동생을 증오했다. 그런 이유로 누나 셋은 차례로 성인이 되자마자 독립을 선언하고 나가버렸고, 결혼을 앞둔 큰누나 외에는 연락도 잘 되지 않았다.

남자는 술이 싫었다. 건강에도 좋지 않고, 혀에도 쓴 액체를 왜 목구멍에 부어야 하는지 이해할 수 없었고 술자리 특유의 시끌벅적함도 싫었다.

하지만 술자리에서 오고 가는 남자 선배들이나 동기들의 여자 이야기는 몹시 흥미로웠다.

그렇게 다른 남성들의 연애 이야기를 듣기 위해 꾸역꾸역 몇 차례 술자리에 끼어 봤지만, 어느 순간 자신만 이야기할 게 없다는 사실이 서글퍼졌다.

남자는 매달 서점에 갔다. 남성 잡지 코너에서 매달 잡지와 전공 관련 서적도 함께 구매했다. 잡지에는 도서관에서 습득할 수 있었던 점잖은 연애 기술보다는 조금 더 날것에 가까운 실전 연애 기술, 패션과 헤어 스타일링을 통해 여성에게 어필하는 법 등이 수록되어 있었다.

안경을 벗고 콘택트렌즈를 끼니 남자의 귀여운 얼굴이 좀 더 잘 드러났다. 아무 생각 없이 주기적으로 드나들던 동네 이발소를 벗어나 한남동의 바버숍에 다니기 시작했다. 항상 모친이 사온 옷이나 교복만 입던 남자는 옷을 세련되게 잘 입는 법을 배우는 데 더 많은 시간과 돈을 써야 했다.

　초반엔 이 모든 비용을 모친이 감당했다. 예쁘고 귀한 아들이 돈과 시간을 써가며 외모를 가꾸는 게 못마땅해진 모친은 잔소리를 하기 시작했고, 그 말들이 듣기 싫었던 남자는 2학년이 되자 과외 아르바이트를 시작했다. 명문고 출신의 명문대생인 남자에게 과외 일자리를 구하는 건 수월했다. 어릴 때부터 공부를 통해 관계를 맺어온 남자에게 과외는 너무 손쉽게 많은 돈을 안겨줬다.

　공익근무요원으로 동사무소에서 병역의 의무를 마친 뒤, 남자는 본격적으로 통장에 숫자를 늘려가기로 결심했다. 잡지에선 '여자는 얼굴과 몸매, 남자는 어깨너비와 경제력'이 중요하다고 했다. 근육을 키우기 위해 운동을 하고, 혹시 모를 데이트를 위해 돈을 모았다.

　드디어 복학을 하고, 자신에게 상냥하게 인사해 주는 여자 신입생들을 유심히 관찰했다. 그리고 그들 중 한 명이 자신에게 관심이 있음을 직감적으로 느꼈다.

남자는 많은 고민 끝에 데이트 신청을 했고, 생애 처음으로 여성과 단둘이 있는 시간을 갖게 되었다. 한껏 꾸민 남자는 정성스럽게 포장된 꽃과 커다란 곰인형을 여자 신입생에게 건넸다.
　"감사합니다, 선배님."이라는 말과는 다르게 여자 신입생의 표정이 묘하게 일그러졌다. 둘은 한동안 아무 말 없이 공원을 걸었다.

　남자는 여자 신입생의 눈을 똑바로 볼 수 없었다.

　남자는 이내 말을 시작했다. 자신의 어린 시절부터 대학교에 합격하기까지, 대부분 자신이 성취해 온 것들에 대해 늘어놓았다. 여자 신입생은 말없이 듣기만 하다가 가끔 "아, 네…" 하고 대꾸했다. 그렇게 30여 분쯤 지났을 때, 여자 신입생은 남자에게 말했다.

　"저기, 선배님."

　남자는 여자 신입생이 무슨 말을 할지 긴장되었다. 혹시 자신도 좋아한다고 말해주지 않을까 내심 기대했다. 하지만 이내 들려온 말은 이랬다.

'감사하지만 이런 건 너무 부담스러워서 받을 수 없다고. 생각해 보니 일이 있어서 이제 그만 집에 가봐야겠다.'는 것이었다.

잡지에서 본 것처럼 바래다주겠다고 말해보았지만, 여자 신입생은 강하게 "괜찮다"며 뒤돌아 떠나가 버렸다.
그렇게 남자의 첫 번째 데이트는 끝났다.

하지만 남자는 포기하지 않았다. 여러 가지 다양한 방법을 여러 여성에게 시도해 보았다. 그리고 남자는 학교 내 여학생들 사이에서 '아무에게나 들이대는 남자'로 소문이 났다.

다행히 곧 졸업이 다가왔고, 이미 공인회계사 시험에 수석으로 합격한 남자는 대형 회계법인에 취업이 확정된 상태였다. 남자의 수석 합격 소식과 공부 후기 등은 대학 신문뿐 아니라 여러 매체를 통해 알려졌고, 과거에 남자가 접근했던 몇몇 여자들이 그 소식을 듣고 연락을 해왔다.

졸업식을 하던 해, 남자는 그중 한 명과 첫 키스를 하는 데 성공했다.

그리고 다시, 혼자가 되었다.

16

 그녀는 그와 결혼한 후, 친정에서 차려준 미술 작업실에서 성인 수강생들을 모집하여 가르치기 시작했다.

 화가의 꿈에 매진하고 싶었지만, 경제적으로 무심한 남편만을 믿고 한 달 한 달을 살아가기엔 너무 위태로웠다. 친정에선 딱히 내세울 것 없는 그와 어린 나이에 결혼한 그녀가 못마땅했다.

 신혼여행에서 막 돌아온 사위와 딸을 앉혀놓고, 미술 작업실을 차려주는 것을 끝으로 더 이상의 경제적 지원은 없을 것이라 못 박은 친정아버지의 표정은 사뭇 근엄했다.

 그런 까닭에 출산을 한 이후에도 그녀는 쉼 없이 수강생들을 받아 가르치며, 동시에 자신의 예술 세계를 더 견고하게 구축해 나가야 했다.

17

이때쯤 (홍학을 거느린 숲의) 남자는 회사에서 입지를 굳혔고, 회사 일과 별개로 투자한 회사들이 연이어 큰 이익을 냈기에 그로 인해 많은 부분에서 여유로웠다.

다만 자신의 결혼과 손자의 탄생을 간곡히 바라는 모친 때문에 여유 시간의 많은 부분을 선을 보는데 써야 했다. 남자는 수많은 여성들과 스쳐 지나며, 돈이 개입되는 순간 여성들이 한결 더 친절해진다는 사실을 알게 되었다.

매일 아침 카페에서 커피를 사면, 카페의 여성 직원이 남자에게 친절하게 커피를 건네며 웃었다. 선 자리에서도 경제적으로 무능한 여성은 유능한 여성들에 비해 상대적으로 남자에게 좀 더 친절했다.

홍등가의 창녀들도 마찬가지였다. 독한 위스키를 처음으로 마셔야만 했던 날. 몸을 제대로 가누지도 못한 채 동료들에 이끌려, 술기운에 동정(童貞)을 이름 모를 창녀에게 바쳤다. 수치심과 치욕이 식도를 타고 올라오는 구토처럼 거세게 밀려들었다.

남자는 다시 마음을 가다듬었다.

하지만 어디에도 남자의 숲과 긴밀하게 결합하길 원하는 여자는 없었다.

헛헛한 마음을 예술에 의탁해 보기로 했다.

금요일 저녁마다 아트센터의 리사이틀홀을 찾아 클래식 공연을 감상했다. 선을 본 여성 몇몇과 함께 공연을 관람하기도 했다. 공연장이 끝난 뒤, 북적이는 사람들 사이를 빠져나와 고급 세단에 여성을 태워 그녀의 집 앞까지 바래다주고는, 다시 혼자 집으로 돌아오는 길은 말할 수 없이 고독했다.

음악이 흐르던 공연장을 벗어나면, 남자는 오히려 더 깊은 상실감에 사로잡혔다.

남자는 문득 자신의 어린 시절을 떠올렸다. 그림 그리기를 좋아했지만, 공부하는 게 당연한 일이었다.

그러던 중 미대를 졸업한 여성과 선을 보게 되었고, 공통점을 찾아보겠다는 생각에 예술에 대한 자신의 장황한 이야기를 풀어놓았다. 그러자 여성은 대수롭지 않게, "요즘은 취미로 그림 그리는 성인들도 많아요. 한번 시작해보는 건 어때요?" 하고 무심하게 말을 흘렸다.

그 말이 이상하게 남자의 마음에 남았다.

'그래, 그림을 다시 그려보자. 그건, 적어도 남는 게 있을 테니까.'

18

그녀는 주부 수강생들을 위해 오전에 그림을 가르쳤지만, 직장인 수강생을 위해 평일 중 하루는 화실 운영을 늦게까지 하는 것이 좋겠다는 판단이 들어 금요일 밤만큼은 늦은 저녁 시간까지 그림을 가르쳤다.

사실, 금요일마다 술을 마시고 인사불성이 되어 귀가하는 그가 싫어 결정한 일이기도 했다.

'이렇게 하면, 적어도 금요일에는 일찍 퇴근해 아이를 봐주겠지'라고 기대했지만, 그는 아이를 그녀의 어머니에게 맡긴 채, 일하고 돌아온 그녀보다도 더 늦게 집에 들어오곤 했다.

19

중학교 미술 시간 이후로 그림을 처음 그리는 터라, 약간은 긴장되고 설레는 마음으로 (홍학을 거느린 숲의) 남자는 핸드폰으로 집에서 가장 가까운 성인 미술학원을 검색했다. 그리고 전화로 상담을 예약한 날짜와 시간에 맞춰 그녀의 작업실에 도착했다.

"안녕하세요."
"안녕하세요."

작업실은 형형색색의 물감들이 공간 여기저기에 흩어져 있었지만, 전반적으로 정돈되고 깔끔한 느낌이었다.

겨울이라 해가 일찍 저문 탓에, 통창으로 된 작업실 유리창 너머로는 그녀의 눈썹처럼 얇고 가느다란 달이 보였다. 달을 배경으로 자신을 바라보며 부드럽게 웃는 그녀의 얼굴이 참 아름답다는 생각이 들었다. 보기 드문 미인임에 틀림없었다.

그럼에도 불구하고, 어딘가 모르게 고단해 보이기도 했다.

남자는 그녀의 눈을 마주치지 못했다.
흘긋흘긋 쳐다보며, 겨우겨우 왜 자신이 그림을 다시 그리고 싶은지를 설명했다. 그녀는 기존 수강생들의 작품을 보여주며, 어떤 스타일의 작품을 그리고 싶은지를 물었다.

남자는 몇 개의 참고 작품을 찬찬히 본 후, 인물화를 그리고 싶다고 말했다. 인물의 경우, 닮게 그리는 것을 배우려면 시간이 오래 걸릴 수도 있지만 자신이 도와줄 수 있으니 걱정 말고 시작해 보라고 하는 그녀의 친절한 설명에, 남자는 망설임 없이 금요일 밤 수강생으로 등록하게 되었다.

첫 수업에서는 재료들의 특징과 붓 관리법을 배우고, 아크릴 물감을 붓에 묻혀 자유롭게 캔버스에 찍어보았다. 붓을 잡는 법을 배우는 과정에서, 자연스럽게 그녀의 뽀얗고 물감 묻은 손이 남자의 손을 터치했다.

　남자는 매주 금요일이 기다려졌다. 한 주간 온갖 자료들과 숫자에 파묻혀 지내다가 가는 그녀의 작업실은 곧 남자에게 쉼터 같은 공간이 되었다.

　금요일 밤 함께 그림을 배우는 수강생은 남자 외에 세 명 더 있었다. 한 명은 나이가 지긋한 아저씨로, 손녀의 사진을 보며 얼굴을 그리고 있었고, 고흐의 해바라기를 모작하고 있는 또 다른 이는 30대 초반쯤의 여성 회사원처럼 보였다. 나머지 한 명은 대학생으로, 여자친구에게 줄 선물이라며 강아지를 그리고 있었다.

　그들 사이에서 남자는 가장 초보였지만, 실력은 가장 빠르게 늘었다. 그림 그리기에 흥미가 생긴 남자는 서점에서 미술 실기 이론과 인물화 그리기에 관한 책을 두어 권 샀고, 점심시간에도 반복해서 책을 보며 사람 얼굴 그리기에 몰두했다. 얼마 지나지 않아 기본적인 물감 사용법과 인물 스케치 방법은 익혔지만, 누구를 그릴지는 아직 정하지 못했다.

고민하는 남자에게 그녀는 자화상을 그려보면 어떻겠느냐는 제안을 했다.

"자화상이요?"

약간은 과장된 듯한 놀람이 섞인 되물음이었다.

그녀는 "네, 누구를 그릴지 고민이시라면 본인 얼굴을 그려보는 건 어떠세요? 관찰하다 보면 자기 얼굴에 있던 몰랐던 장점도 찾게 되고, 스스로에게 애정도 생길 수 있어요."라고 말하며 작업실 한 구석에서 캔버스 하나를 들어올렸다.

"이건 제가 대학교 때 그린 제 자화상이에요."

싱긋 웃는 그녀의 얼굴과 캔버스 속 그림 속 여자는 많이 닮아 있었다. 남자는 비로소 그녀의 자화상에서, 그녀와 처음으로 제대로 눈을 마주쳤다. 그림 속 그녀의 눈빛은 물감이 뒤엉켜 표현되어 있었다.

아름답고, 깊고, 그리고 슬픈 눈이었다.

순간 남자는 자신도 모르게, 그림을 들고 있는 그녀와도 눈을 마주칠 용기가 생겼다.

그녀와 눈이 마주쳤다.

그림 속 그녀의 눈처럼, 아름답고 깊고 슬픈 눈이었다.

20

중심부가 뒤틀린 숲의 여자 이야기.

공부를 썩 잘하지 못했던 여자는 미국에 가서 영어를 익히느라 고생했다.
미국 시골의 하루하루는 지루하게 흘러갔다. 교수와의 잠자리에서, 남자와의 몸의 결합을 통해 오는 즐거움을 일찍이 깨달았던 여자는, 남자친구가 있으면 좋겠다는 생각을 하게 되었다.

늙고 임자 있는 남자가 아닌, 또래와의 평범한 연애. 성형한 얼굴이 자리를 잡아갈 무렵, 어학원에서 만난 한국인 오빠에게 쉽게 몸을 내어준 여자는 두 달 만에 그 연애를 빠르게 끝냈다. 연애의 중단을 선언한 쪽은 여자였다. 어느 순간, 미국 시골의 무료한 하루보다 남자친구와의 잠자리가 더 지루하게 느껴졌기 때문이었다.

영어를 가르쳐주겠다는 핑계로 접근한 백인 유부남과의 관계는 즐겁고 스릴 넘쳤지만, 조용하고 작은 동네 자체를 빨리 떠나고 싶었다.

여자는 몇 차례의 불합격 소식 끝에, 미국의 그저 그런 대학으로부터 합격 통지서를 받을 수 있었다. 지금 머무는 곳을 떠나 큰 도시로 이주할 생각에, 여자는 몹시 들떴다.

그때였다.
한국에서 온 비극적인 소식이 여자에게 전해진 때는.

모든 설렘과 흥분은, 격렬한 울음과 슬픔, 절망으로 바뀌었다. 여자의 엄마는, 남편이 음주운전을 하던 트럭에 치여 그 자리에서 세상을 떠났다고, 미국에 있는 딸에게 말해야만 했다.

여자의 유학생활은 그렇게, 어학연수로 끝이 났다.

21

그와 그녀의 (과거) 이야기.

군대에서 돌아와 복학한 그는 말 그대로 몸을 사릴 수밖에 없었다. 자신이 신입생 시절 여러 여학우들과 성관계를 맺었던 사실을 알고 있는 동기들이 아직 졸업하지 않았기에, 그의 우려는 현실이 되었다. 같은 과에서는 그가 복학을 하기도 전부터 여자 선배들이 여자 후배들에게 그에 대한 경고를 해둔 상태였다.

하지만 특유의 밝음과 서글서글한 성격에, 군대 생활로 인한 남성적인 매력이 더해진 그였다. 여자 선배들의 경고는 표면적으로는 큰 영향을 미치지 못했다. 여자 후배들은 그를 보면 다들 인사했고, 말을 걸고 싶어 했다. 전 학과가 모두 수강할 수 있는 교양 수업을 듣는 날이면, 그에 대한 소문을 전혀 모르는 타과 여학생들이 쉬는 시간에 커피나 초콜릿 따위를 쪽지와 함께 그의 책상 위에 두고 가는 일도 종종 있었다.

복학 전, 아이 아빠가 된 형들은 그를 불러 술을 사주며 단단히 경고했다.
이십 대라는 나이는 다시는 오지 않으니, 이번에는 제대로 된 연애를 해야 한다고. 지난번처럼 아무하고나 호기심에 관계를 맺어서는 안 된다고. 형들은 막내 동생이 젊을 때 꼭 진정한 사랑을 한 번은 해보길 바라는 마음으로, 자신들의 경험과 그들 주변의 이야기를 아낌없이 들려주었다.

그러던 중, 서양화과에 엄청난 미인이 있다는 소문이 그의 귀에까지 들려왔다. 호기심 많은 그 역시 그녀와 같은 수업을 듣겠다는 생각으로 서양미술사 수업에 수강 신청을 했다. 서양미술사 수업에는 온통 남자들뿐이었다. 수업 첫날, 교수가 다소 당황한 듯한 말투로 말했다.

"제가 이 수업을 이 대학에서 5년째 강의 중인데, 이렇게 수강 인원이 꽉 찬 건 처음이군요. 그런데 미술과가 아닌 남성분들이 정말 많으시네요, 허허…"

얼굴이 유난히 하얗고, 가녀린 인상의 그녀도 전공 필수 과목인 이 수업에 수강 중이었다. 남학생들의 흘끗거리는 시선은 익숙한 일이었기에, 그녀는 크게 신경 쓰지 않았다.

모든 남학생들이 그녀를 선망하는 것을 강의실 안의 누구나 알고 있었고, 그래서 오히려 적극적으로 다가가는 남학생은 없었다.

그 역시 그녀를 보자마자 한눈에 반했다. 하지만 이미 형들에게 단단히 교육받고 돌아온 복학생이었다. 예전 같았으면 첫 수업 날부터 그녀의 옆자리를 차지하고 앉아 가벼운 농담을 건네며 연락처를 얻어냈을 그였지만, 지금의 그는 몇 달이나 그녀를 바라보는 것만으로도 만족해야 했다.

그러던 어느 날, 조별 과제가 주어졌고, 그와 그녀는 같은 조가 되었다. 그렇게 자연스럽게 두 사람은 연인이 되었다.

너무나 사랑하는 그녀였기에, 그는 오히려 그녀의 몸에 손을 대기가 어려웠다.

진실된 마음과 마음이 오고 가는 순수한 이십 대의 사랑이, 대학교 캠퍼스 안에서 그렇게 시작되었다. 그의 신입생 시절을 아는 여자 동기들은 모두 졸업했고, 오랜 기간 한 여자에게 몰두하는 그의 모습에 예전의 소문은 점차 잊혀져갔다.

대학교 4학년이 되자, 그녀는 대학원과 유학 사이에서 큰 고민에 빠졌다. 그는 둘째 형이 다니는 대기업에 입사하기 위해 준비 중이었다.

그녀의 부모는 여전히 그녀를 자신들의 감정을 언제든 배설해도 되는 존재로 대했다. 하지만 그녀의 대학생활이 바쁘게 흘러가다 보니, 예전처럼 부모의 싸움에 휘말리는 일은 많지 않았다.

그녀는 그와 함께 미래를 향해 나아가는 것이 당연하다고 생각했다. 하지만 한편으론 어릴 적부터 꿈꿔왔던 프랑스 유학도 포기하고 싶지 않았다.

부모의 학대에 고통 받던 어린 시절, 그녀를 도와주던 미술 선생님은 파리의 대형 갤러리와 전속 계약을 맺고 국제적인 작가로 자리매김하고 있었다. 언제든 그녀가 파리에 가면 도움을 줄 작업에 대한 이야기를 스스럼없이 주고받는 사이였다.

그리고 이즈음, 그들은 자주 다투기 시작했다. 다툼의 원인은 다양했지만, 대부분은 주변 여자들의 호의를 즐기며 받아들이는 그의 태도 때문이었다.
그는 그녀가 질투심이 많다고 생각했고, 그녀는 그가 헤프다고 느꼈다.

아름다운 그녀였지만, 2년 넘게 그녀의 몸만 안다보니 슬슬 흥미도 떨어졌다.

그의 애정이 예전만 못하다는 걸 예민한 그녀가 모를 리 없었다.

22

그녀는 결국 파리 유학을 결정하고 그에게 이별을 통보했다.

그는 충격에 휩싸였다. 비록 예전만큼의 관심은 식었더라도, 그녀는 그에게 첫사랑이자 소중한 존재였다.

여자에게 단 한 번도 매달려 본 적 없던 그였다.

자신이 관계의 끝을 알렸을 때 여자들이 그에게 보인 눈물, 슬픔, 분노, 저주쯤은 가볍게 여겼던 그였다. 그랬던 그가, 처음으로 처절하게 매달렸다.

그녀 역시 흔들렸다.

파리 유학을 포기하고 대학원에 진학해 그와 함께 서울

에 남는다면 어떨까 하는 생각으로 마음이 분주했던 그와 함께 있던 밤.

둘 만의 사랑이 끝나고 서로가 서로를 안고 있던 자정이 넘은 시간. 그의 휴대폰에 문자 수신음이 울렸다.

'오빠 자요? 어제는 고마웠어요.'

다른 여자의 메세지를 본 그녀는 말없이 자리에서 일어나 황급히 옷을 주워 입었다. 그걸로 결심은 끝났다.

그리고 다음 달, 그녀는 인천 국제공항에서 친 오빠의 배웅을 받으며 파리로 떠났다.

23

다시 그녀의 작업실.

(홍학을 거느린 숲의) 남자는 그녀의 작업실에서 몇 개의 습작을 연습한 뒤, 자화상을 그리기 시작했다.

거울을 보며 눈의 위치나 코의 크기 등 인물의 특징을 잡아내는 건 여간 까다로운 일이 아니었다. 열심히 관찰하고 그리고 수정하고 있으면, 그녀가 다가왔다.

"전체적인 특징은 잘 잡고 계시네요. 제가 이 부분은 도와드릴게요. 제 반대편에 앉아 보시겠어요?"

이젤과 캔버스를 사이에 두고, 남자와 그녀가 마주 앉았다. 그녀는 천천히 남자의 얼굴을 관찰했다. 남자는 그녀의 시선이 부담스럽고 어색했지만 싫지는 않았다.

그녀에게 남자의 첫인상은 사회에서 성공한 '잘 관리된' 중년 남성이었다. 대화를 시작하니 약간은 횡설수설한 면이 느껴졌는데, 그림을 안 그리다 그리려니 어색해서 그럴 수도 있겠다고 생각했다.

찬찬히 관찰하다 보니 그의 눈매가 살짝은 매섭게도 느껴졌다. 머리카락 한 올, 한 올은 남성 잡지 헤어 모델처럼 잘 정돈되어 있었다. 높지도 낮지도 않은 콧대에 큰 입.

"근데… 혹시 막내세요?"

그녀가 남자의 그림을 수정하며 물었다.

"네? 어떻게 아셨어요?"

"이렇게 말씀드려도 될지 모르겠지만, 그냥 얼굴 관찰하다 보니 귀여운 면이 있으신 것 같아서요. 사랑 많이 받고 자라신 막내 느낌이랄까…"

얼굴만 빤히 관찰하는 게 그녀도 왠지 모르게 민망해서 입을 연 것이었는데, 남자는 그녀가 자신을 '귀엽다'고 말한 그 순간에 많은 의미를 새겨냈다.

그녀가 남자의 얼굴 특징을 잡아내고 몇 차례의 붓질을 더하자, 남자의 그림은 그의 얼굴과 사뭇 닮아 있었다.
그렇게 또 몇 번의 금요일이 지나갔다.

두근거리는 마음은 숨기기 어려웠다. 남자가 자신에게 애정이 있다는 것을 그녀도 어렴풋이 느꼈다.

남자는 그녀에게 무언가를 주고 싶어졌다. 하지만 그녀에게만 이유 없이 선물을 한다면 그녀가 부담스러워할 것이 틀림없고 다른 수강생들도 이상하게 여길 것만 같았다. 쿠키, 초콜릿 등을 가끔 네 개씩 사 들고 작업실로 갔다. 이유도 매번 바꿔 가며, 선생님인 그녀와 다른 수강생들에게 선물을 건넸다.

그렇게 시간이 흘러갔다. 손녀 얼굴을 완성한 남성도, 여자친구에게 주려고 강아지를 그리던 대학생도 그림을 완성하고 각기 다른 이유로 작업실을 떠났다. 고흐의 해바라기를 모작하던 여성 회사원은 회사에서 다른 지역으로 발령이 났다며, 그림을 완성하지 못한 채 다시는 오지 않았다.

'원데이 클래스'라는 이름으로 몇 명의 사람들이 들어왔다 나갔다를 반복했다.
남자의 자화상은 아직 완성되진 않았지만, 점점 느낌을 잡아 나가고 있었다. 매주 금요일 저녁 수업을 단 한 번도 빠지지 않은 남자에게 그녀가 말했다.

"그림 그리는 거, 정말 좋아하시는 것 같아요. 혹시 집에서도 그리고 싶으시면, 재료 구입 도와드릴 수 있어요."

그녀의 말에 남자는 집에서도 그리고 싶다고 했다.

그리하여 그 다음 주부터, 남자는 퇴근 후 매일 한두 시간씩 집에서 그림을 그리고, 금요일 저녁엔 그녀의 작업실에서 자화상을 차근차근 그려나갔다.

그리고 더 이상 무의미해진 선 자리에 나가지 않았다.

24

다시 (중심부가 뒤틀린 숲의) 여자 이야기.

황망한 죽음을 애도하는 장례식은 어떻게 진행되었는지도 모르게 끝이 났다.

술.

얼마나 참혹한 결과를 많은 사람의 인생에 안겨주는가. 트럭 기사의 음주운전으로 갑작스러운 죽음을 맞이한 아버지로 인해, 여자의 삶은, 여자의 숲은 거센 흔들림을 겪었다.

엄마와 단둘이 세상을 살아가야 한다는 사실은 견디기 힘들었다. 게다가 그녀는 학업을 다 마치지도 못한 상태였다. 그렇지만 아버지 없는 엄마를 혼자 두고 다시 미국으로 돌아갈 수도 없었다. 그리고 생계를 책임지던 아버지의 부재로 인해 모녀는 앞으로의 경제적 상황을 심각하게 걱정해야 했다.

한동안 멍한 상태로 지내던 여자와 엄마는 아버지의 사망 보험금으로 카페를 열기로 결심했다. 장소를 알아보고, 인테리어 업체를 찾고, 메뉴를 고민하며 바쁘게 지내자 슬픔은 조금씩 가라앉기 시작했다.

여자는 이 시기에 가슴 성형과 눈 재수술을 감행했다.

엄마는 바리스타 자격증을 따기 위해 매일 커피에 대해 공부했다.

얼마간의 시간이 또 속절없이 흐른 뒤, 모녀가 카페를 차리기로 결정한 곳은 서울의 한 부촌 아파트 단지 근처였다. 부동산에서는 아침에 출근하는 직장인들과 낮에 동네에 머무는 주부들이 카페를 자주 찾을 것이라고 했다.

맞은편 건물에는 편의점과 꽃집, 수학 학원, 피아노 학원, 화실이 있었고, 같은 건물에는 김밥집과 영어학원, 필라테스 센터가 자리하고 있었다.

3주간의 인테리어 공사가 끝이 나고, 모녀는 드디어 카페를 오픈했다.

비싸지도 싸지도 않은 가격대의 음료 메뉴들이었다. 근처에 대형 프랜차이즈 커피숍이 없어서 장사는 그럭저럭 잘되어 갔다.

몇 달이 지나자 단골 손님들도 생기기 시작했다. 주로 아침 출근 시간에 커피를 포장해 가는 회사원들이었다.

(홍학을 거느린 숲의) 남자도, 그리고 그녀의 남편인 그도, 모녀가 운영하는 카페의 아침 단골 손님 중 한 명이었다.

25

그녀 이야기.

파리에 도착한 그녀는 프랑스어 공부를 위해 어학원에 다니기 시작했다. 고등학교 때 이미 제2외국어 과목으로 문법 공부를 했고, 유학을 준비하면서 한국에서도 프랑스어 학원을 다녔던 터라 실력이 빠르게 늘었다.

어학원에서 만난 중국인 친구들은 그녀에게 틈만 나면 "Tu es belle!" (너 아름다워!)라는 말을 했다. 아름답고 상냥한 그녀에게 모두가 친절했다. 그녀의 옛 미술 선생님도 그녀가 타지 생활에 잘 정착할 수 있도록 여러모로 도와주었다.

혼자 살아보는 건 처음이었다. 유학원에서 구해준 파리의 작은 아파트는 낡았지만, 귀여운 발코니와 오븐이 갖춰진 주방이 있었다.

낭만적인 파리의 밤을 가끔은 느껴보고 싶기도 했지만, 밤늦게 돌아다니는 것을 원체 싫어했던 데다, 혹시 모를 범죄의 표적이 될까 두려운 마음에 항상 저녁 8시 전에는 집으로 돌아왔다.

그렇게 집에 혼자 있으니 마음이 이상했다. 부모님과 같이 살 때는 소리 지르며 싸우는 소리가 듣기 싫어 제발 하루라도 조용한 곳에서 살고 싶다고 생각했었다.

하지만 막상 너무 조용한 집에 혼자 있으니 외로움이 물밀듯 밀려왔다.

그가 그리웠다.

정확히는, 서양미술사 수업이 종강한 이후 사랑이 시작되던 시기의 그가 그리웠다.

항상 수업이 끝나고 나오면, 미대 실기실 건물 밖에서 커피를 양손에 하나씩 들고 기다리던 그. 처음으로 영화관에서 손을 잡던 날, 공원에서의 달콤한 첫 키스, 그리고 둘만의 비밀스러운 경험들.

파리에서도 다양한 국적의 남성들이 그녀에게 호의를 가장한 호감의 표시를 했지만, 텅 빈 집에 들어오면 그녀는 여전히 그만 생각할 뿐이었다.

그녀는 다음 날 화방에서 작은 이젤과 캔버스, 물감들을 샀다. 작은 아파트였지만 공간을 잘 활용하니 그림을 그릴 자리는 충분했다.

외로움의 자리는 그림들이 메워주었다.

그렇게 파리에 도착한 지 8개월쯤 지나자 그녀는 프랑스 미술학교에 입학할 자격이 되는 프랑스어 실력을 충분히 갖추게 되었고, 파리의 한 미술학교에 편입이 가능하다는 연락을 받았다.

26

(그녀가 프랑스로 떠난 후) 그의 이야기.

그녀가 프랑스로 떠난 뒤, 그는 취업 준비는 뒷전으로 미룬 채 대학교 신입생 시절의 자신으로 되돌아갔다. 매일 밤 술을 마셨고, 늦은 시간 클럽에서 만난 아무 여자와 몸을 섞었다.

방황하는 그를 보며 부모와 형들은 걱정했다. 하지만 형들은 알고 있었다. 지금은 어떤 말도 어린 막내의 방황을 멈추게 할 수 없다는 걸. 단지 이 방황을 멈추게 할 수 있는 건 단 하나, 시간뿐이라는 걸.

두세 달쯤 매일 술과 여자에 취해 지내다 보니, 젊은 그도 몸이 상하기 시작했다. 술병이 단단히 나서 심하게 앓아누운 날, 침대에 누워 있는 막내아들의 방으로 아버지가 조심스럽게 들어왔다. 엄격하기도 했지만 언제나 따뜻하고 자상한 아버지였다.

"파리로 떠난 네 여자친구가 지금 네 모습을 보면 어떤 생각이 들겠니? 우연히라도 다시 만나게 된다면, 그때 멋진 모습을 하고 있어야 하지 않겠니?"

그는 아무 말도 못 한 채 아버지의 품에 안겨 어린아이처럼 엉엉 울었다.

그리고는 몸을 추스르고, 다시 취업 준비를 시작했다.

27

다시 (중심부가 뒤틀린 숲의) 여자 이야기.

매일 아침 6시.
여자는 진하게 화장을 하고 카페로 향했다. 성형을 통해 얼굴과 몸에 자신감이 생겼다. 몸에 딱 붙는 상의 위로 카페 로고가 새겨진 앞치마를 걸치고, 오픈 준비를 시작했다. 루이스 폴센 스타일의 전등을 켜고, 커피 머신을 점검한 뒤, 냉동고에서 빵 생지를 꺼내 예열된 오븐에 넣었다.

아침 6시 30분.
잘 구워진 빵의 고소한 향과 진한 커피의 구수한 향이 묘하게 섞일 무렵, 첫 손님이 들어왔다. 평일 아침, 매일 같은 시간에 찾아와 따뜻한 아메리카노와 크로와상을 사가는 첫 손님.

바로, 홍학을 거느린 숲의 남자였다.

남자의 출근 시간은 그리 빠르지 않았다. 하지만 집에서 직장까지 가는 길은 조금만 늦어도 금세 막히기 일쑤였다. 효율을 중시하는 남자에게 도로 위에서 낭비되는 시간은 도저히 견디기 힘든 일이었다.

아주 이른 아침. 고급 세단을 잠시 길가에 세워두고 카페에 들어서면, 여자는 이미 그가 무슨 메뉴를 주문할지 알고 있다는 얼굴로 남자를 맞이했다.

"안녕하세요. 평소 드시던 걸로 준비해드릴까요?"
"네, 감사합니다."

웃을 때마다 뭔가 부자연스러운 그녀의 얼굴은 누가 봐도 한눈에 성형에 꽤 큰돈을 들였음을 알 수 있는 모습이었다.

매일 아침 첫 손님으로 카페를 찾는 중년 남성. 여자는 저렇게 성공한 남자의 고급차에 도대체 어떤 여자가 함께 탈까, 궁금해졌다.

'아이들은 몇이나 있을까? 부인은 사모님 소리를 들으며 살겠지?'

하지만 그녀는 아무것도 알 수 없었다.
남자는 그저 매일 같은 시간에, 같은 메뉴를 주문하고, "네, 감사합니다."라는 말 한마디와 함께 보통의 신용카드와는 두께와 재질부터 다른 VIP 전용 신용카드를 만원 남짓의 결제를 위해 건넬 뿐이었다.

그렇게 첫 손님이 떠나고 나면, 아침 7시부터는 주문이 몰려들며 정신없는 시간이 시작됐다.

그리고 7시 50분쯤.
헐레벌떡 카페로 들어와 아이스 카라멜 마키아토나 카페 모카처럼 시간이 조금 더 걸리는 커피를 날마다 바꿔 가며 주문하는, 그녀의 남편이 도착했다.

"안녕하세요. 메뉴 고르시면 말씀해주세요."

"아! 오늘은… 카페… 뭐였더라? 그 연유 들어간 달달한 아이스커피요. 지난번에 추천해주셔서 마셔봤는데, 계속 생각나는 맛이더라고요."

"아, 돌체라떼요."

"맞다, 맞다. 돌체라떼! 그거 큰 사이즈로 하나 주세요."

커피를 만드는 동안, 그가 그녀에게 말을 걸었다.

"주말 잘 보내셨어요? 저는 애 보느라 완전 녹초 됐어요."

"전 카페에서 일했죠. 주말에도 가끔 오셔서 커피 드세요."

그가 자연스럽게 이어 물었다.

"주말엔 남자친구랑 데이트 안 하세요?"

"저, 남자친구 없어요."

"아니 왜요? 이렇게 예쁜데… 곧 생기시겠죠."

수트를 근사하게 차려입은, 키 크고 활기찬 젊은 아저씨. 그녀의 남편인 그와 나누는 이런 시덥잖은 대화가 카페의 여자에게는 은근한 즐거움이었다.

想林月 달의 앞면

28

아이는 10개월 쯤, 뒤뚱거리며 집에 있는 쇼파나 의자를 잡고 서 있을 수 있었다. 그녀와 그녀의 친정어머니, 시어머니, 그리고 시터 이모가 돌아가며 아이를 돌보았다.

경제적 지원은 화실 개업 외엔 해줄 수 없다고 못 박았던 그녀의 아버지는 손녀의 웃음과 재롱을 자주 보기 위해 그가 결혼할 때 마련해둔 서울 변두리의 아파트를 처분하게 했다. 그리고 자신들이 사는 '부촌'이라 불리는 아파트 단지 안에서 가장 작은 평수의 집을 대신 구해주었다. 덕분에 그녀는 작업실까지 오가는 시간이 줄어들었지만, 그는 장인어른과 장모님을 자주 만나야만 했고, 그의 부모는 손녀를 보기 위해 지하철에서 한 시간 반을 보내야했다.

그녀의 친정부모는 그를 볼 때마다 못마땅한 기색을 숨기지 않았고, 대놓고 사위의 단점을 말로 표현하곤 했다. 그녀에게도 여전히 다정한 부모는 아니었지만, 손녀에게만큼은 남다른 애정을 드러냈다.

그렇게 외부의 영향으로도 서로 결합되어 있는 그녀와 그의 숲은 매일같이 흔들렸다.

29

또 다시 그녀의 작업실.

그러던 어느 금요일 밤.
남자의 자화상은 그녀의 도움을 받아 이제 거의 완성에 가까워지고 있었다.

"이제 다음 주면 작품이 완성될 것 같아요. 완성하고 나면 다른 그림도 한 번 그려보시겠어요? 다음 주까지 미리 그리고 싶은 그림이 있으시면 생각해보시고 말씀해주세요. 그럼 그다음 주엔 제가 새 작업을 시작하실 수 있게 준비해둘게요."

"네, 알겠습니다."

그녀는 남자가 매주 금요일 밤, 어김없이 자신의 작업실에 와 그림을 그린다는 사실이 내심 신기했다. 이미 여러 수강생들을 지켜본 그녀는 직장인이 성인 취미 미술을 이렇게까지 꾸준히 한다는 게 쉽지 않다는 걸 잘 알고 있었다. 금요일 밤이면 술에 쩔어 귀가하는 자신의 남편과는 비교되었다.

금요일 밤.
월요일부터 금요일까지인 '평일', 그리고 토요일과 일요일인 '주말'의 경계. 그 경계의 시간을, (홍학을 거느린 숲의) 남자와 그녀의 남편인 그는 전혀 다르게 보내고 있었다.

남자가 자화상의 완성을 눈앞에 두고 있던 그 밤.
밤 11시가 되자 작업실에 남아 있던 수강생들은 하나둘 자리를 정리하며 인사를 나눈 뒤 떠나갔다. 그녀는 간단히 정리와 청소를 마친 뒤, 커다란 유리 통창 앞으로 다가갔다.

블라인드를 내리려는 순간, 창 너머로 반달이 보였다.
빛으로 채워진 부분과 어둠이 절묘하게 나뉘어 있는 모습에 잠시 넋을 잃고 있던 그녀는 문득 건물 맞은편으로 시선을 돌렸다.

맞은편 건물에는 김밥집, 영어학원, 필라테스 센터, 그리고 새로 생긴 지 몇 달 된 (숲의 중심부가 뒤틀린 여자의) 카페가 있었다.

그곳에서 익숙한 실루엣이 보였다.

남편이였다. 술에 취한듯 고개를 푹 숙이고 카페 앞에 앉아 있는 그. 그녀는 빨리 내려가 그를 데리고 집에 가야겠다고 생각했다.
블라인드를 반 쯤 내렸을 때 카페에서 여자가 나왔다.

그녀도 몇 번 가본 카페였다.
화장이 진하고 성형을 많이 한 어린 여자와 그 여자의 엄마가 하는 카페.

둘은 잠시 대화를 하는거 같더니 여자가 남편을 부축해 카페 안으로 들어가고 있었다. 그리고는 순간 카페의 모든 조명이 꺼지고 카페 유리문의 블라인드가 빠르게 내려가 아무 것도 볼 수 없는 상태가 되었다.

그녀는 어찌해야 할 지를 몰랐다.
다만 눈에서 눈물이 하염없이 떨어져 내릴 뿐이였다.

그때였다.
목도리를 두고 간 남자가 다시 작업실 문을 열고 들어온 건.

"아, 다행이다. 아직 계셨네요. 제가 목도리를 두고 가서… 다시 왔어요."

그는 그 순간 그녀의 얼굴에서 눈물이 가득 고여 있는 것을 보았다.

"어… 괜찮으세요? 죄송해요. 제가 다음 주에 가져가면 될 걸, 괜히 다시 왔네요. 가던 길에 문득 생각이 나서 차를 돌렸는데… 신호에 걸려서…"

남자는 그녀의 눈물을 보고 당황한 듯 횡설수설하며 자

신이 다시 오게 된 사정을 설명했다.

"괜찮아요. 오히려 제가… 죄송해요. 이런 모습 보여드려서."

어찌할 바를 몰라 눈물만 흘리는데, 수강생이 다시 작업실에 나타나버려 그녀도 당황스럽긴 마찬가지였다.

남자는 순간, 그녀를 안아 주고 싶다는 충동에 사로잡혔다. 하지만 그녀가 혼자 있고 싶을지도 모른다는 생각이 들었다.

"저기… 제 목도리 있네요. 전 이만 가볼게요. 좋은 주말 보내세요."

그리고는 작업실 문을 쾅 닫고 나가버렸다.

'울고 있는 사람에게 좋은 주말이라니…'

남자는 자신이 한 말이 너무나 바보 같고 한심하게 느껴졌다. 당혹스러웠던 나머지, 힘 조절조차 제대로 못해 평소보다도 세게 문을 밀어 닫아버린 것도 생각났다.

　남자는 집에 돌아와 반달의 달빛을 보며 자신의 숲에서 다짐했다.

　그녀의 숲 그대로를 받아드리겠다고.

30

다시 과거의 그와 그녀 이야기.

파리에서 그녀의 삶은 꽤나 순조로웠다.
편입한 미술학교에서는 교수들에게 실력을 인정받고 있었고, 타지 생활에도 많이 익숙해져 갔다. 이제 몇 달 후면 석사 과정으로 넘어갈 수 있는 시기였다.

그즈음, 그는 마침내 정신을 차리고 취업에 성공했다. 비록 가장 원하던 둘째 형이 다니는 회사는 아니었지만, 그래도 일을 시작하는 것이 그녀를 잊는 데 도움이 될 것 같아 바로 입사를 결정하고, 그날부터 회사에 출근하기 시작했다. 그렇게 몇 달 동안 그는 집과 회사를 오가는 단조로운 일상을 성실히 이어갔다.

부모도, 형들도 이제야 그가 마음을 다잡았다는 사실에 안도했다.

그는 회사를 다니면서도 이직 준비를 병행했다. 둘째 형이 다니는 회사에 입사하겠다는 목표를 품고 있었다.

술과 여자, 친구들과의 유흥을 끊고 온전히 이직 준비에만 모든 에너지를 집중하자 마침내 좋은 결과가 따라왔다. 다니던 회사를 퇴사하고 새 회사에 입사하기 전까지 일정 중간에 2주라는 귀한 시간이 주어졌다.

"저… 파리에 잠깐 다녀오고 싶어요."

부모도 형들도 그를 말리진 않았다. 다만 변화된 모습을 보여준다고 해서 그녀의 마음이 돌아올 거라 기대하진 말라고 했다. 이미 다른 남자친구가 생겼을 수도 있다는 말도 덧붙였다.

그는 자신의 삶에 후회하지 않기 위해, 잠시 다녀오겠다고 했다. 어떤 결과가 있든 받아들이고, 돌아와서는 새로운 회사에 온전히 집중하겠노라 말했다. 그리고 그녀에게 이메

일을 썼다. 자신이 얼마나 많이 변했는지, 얼마나 그녀를 그리워해왔는지를 담은 편지였다. 자신이 파리에 머무는 일정과 함께, 그녀가 원한다면 언제 어디든 찾아가겠다고 했다.

그렇게 그와 그녀, 두 사람은 파리에서 재회했다.

먼 곳에서 서로를 지독하게 그리워하던 그 둘은 이제 다시는 헤어질 생각이 없었다. 서로에 대한 사랑을 확인하고 현실적으로 어떻게 하면 다시 함께 할 수 있을지를 고민했다.

결국 그녀는 파리에서의 석사과정을 포기하고 한국으로 돌아가기로 결심했다.
그렇게 파리에서 프랑스어를 익히고 미술학교에 편입 후 1년 만에 딴 학사 학위만을 가지고 다시 서울의 모교로 돌아가 석사 과정을 진행했다.

그녀가 한국으로 돌아간다고 했을 때 프랑스인 지도교수는 너무나 안타까워했다. 석사 과정을 하면서 유럽의 갤러리들과 접촉하면 이곳에서 작가로 충분히 데뷔 할 수 있는 실력인데 왜 다시 한국으로 가냐고 물었다. 그녀의 선생님도 마찬가지였다.

"이렇게 한국으로 돌아가면, 다시 프랑스로 나가는 건 쉽지 않아. 잘 생각해보고 결정하면 좋겠어."

그는 원하던 회사에 입사해 열심히 일하며, 그녀와의 결혼을 위해 돈을 모았다. 술도, 클럽도, 친구들도 멀리하고 오직 그녀와의 미래에 모든 것을 쏟아 부었다.

그녀도 프랑스에서 예술가로서의 밝은 미래를 뒤로한 것을 후회하지 않도록 최선을 다해 한국에서 석사 과정을 밟으며 그와 사랑을 이어갔다.

그렇게 두 사람은 약 2년 동안 안정적인 사랑을 나누었고, 그녀가 석사 학위를 받던 해에 결혼식을 올렸다.

누가 봐도 아름다운 커플이었다.
대기업에 다니는 키 크고 멋진 남편.
그리고 그림을 그리는 예쁜 아내.

31

 결혼을 한 후 1년 쯤 지난 시기 피임에 소홀해진 두 사람에게 놀랍고 기쁘며 당황스러운 소식이 생겼다. 바로 그들 사이에 아이가 생긴 것이었다.

 결혼을 준비하면서 양쪽 집안은 경제적 차이로 인해 종종 부딪쳤다.

 평생을 고등학교 교사로 일하며 아들 셋을 화목한 가정에서 키워낸 그의 아버지는 그에게 영웅이자 롤모델이었다. 하지만 집안 대대로 내려오는 물질의 축복과 함께 사업가로 큰 성공을 거둔 장인어른은 그의 아버지를 무시하고, 그의 집안을 대놓고 깔보았다. 처갓집에 가면 장인의 사업을 물려받을 예정이자 자신과 동갑인 그녀의 오빠 앞에서도 왠지 모르게 위축되곤 했다.

외부의 상황들로 인해 그의 숲은 다시 흔들렸고, 그는 또다시 술을 입에 대기 시작했다. 술로 인한 부부 싸움은 끊이지 않았고, 부부 사이의 갈등을 올바르게 해결하는 법을 배우지도, 보지도 못한 채 자란 그녀는 자신이 받은 상처만큼 날카로운 말과 표정으로 그를 할퀴었다.

대기업 회사원의 월급은 적지 않았지만, 그의 술값은 점점 늘어났다. 그는 그녀와 술값 문제로 다투던 중 "너네 집 부자잖아. 내가 돈 안 줘도 상관없잖아." 하고는 빈정대며 말했고, 이후 매달 술값을 제하고 남은 돈만을 생활비로 그녀에게 건넸다.

그런 연유로, 그녀는 어쩔 수 없이 작업실에서 더 많은 시간을 수강생들에게 그림을 가르치며 돈을 버는 데 써야 했다.

하지만 괜찮았다. 그녀에게 그림을 배우기 위해 오전 수업에 찾아오는 주부들은 대부분 부유하고 교양 있는, 소위 말하는 '사모님'들이었고, 대부분 한 번 수업을 시작하면 이

탈 없이 재등록을 이어갔다. 그리고 그들은 우아한 말씨로 자신들의 그림 선생님인 그녀를 존중해주었다. 일주일에 하루, 금요일 저녁 수업은 사람이 들고 나는 편이었지만, 그것도 상관없었다.

어린 딸의 성장을 하루 종일 곁에서 지켜보지 못하는 것이 아쉬웠지만, 그래도 그녀는 최선을 다해 일하고, 그리고, 육아에 매진했다.

그렇게 그와 그녀, 그리고 아이의 시간이 지나가고 있었다.

DEREVO'S IDEA 5.41.37, SEOUL, 2012, PEN ON PAPER, 105 × 89.1 cm

32

다시(홍학을 거느린 숲의) 남자가 그녀의 작업실에 목도리를 두고 간 날 이야기.

여자의 카페는 밤 11시에 문을 닫았다.

보통 이른 새벽부터 오후 3시까지는 여자가, 오후 3시부터 밤 11시 마감까지는 여자의 엄마가 하거나 아르바이트생이 했다. 하지만 그날은 아르바이트생도 감기에 걸렸고, 여자의 엄마도 극심한 몸살에 걸려 카페의 오픈부터 마감까지 여자 혼자 영업을 해야 했다.

혼자라고는 해도 바쁜 시간만 잘 버티면 할 만한 편이었다. 남은 시간들은 비교적 한가해서 핸드폰으로 〈청순한 느낌으로 화장하는 법〉, 〈섹시한 파티퀸이 되는 옷 스타일링 법〉 따위의 짧은 영상을 찾아보다 보면 딱히 시간을 보내는 게 지루하지도 않았다.

 그날의 영업 마감을 위해 커피 머신을 청소하고 앞치마를 벗어 걸어놓은 후 유리문 밖을 보니, 카페 문 근처에 취객이 앉아 있었다.
 짜증스러운 표정으로 취객의 행색을 자세히 살펴보니, 매일 아침 단골로 카페에 와서 시답지 않은 이야기를 나누던 젊은 아저씨였다.

 여자는 카페 문을 열고 밖으로 나와 그에게 말했다.

 "안녕하세요. 술 많이 마셨나 봐요. 밖에 엄청 추운데 이렇게 앉아 계시면 어떡해요?"

 "어? 안녕하세요. *끄윽*, 저기 맞은편 보이죠? '화실'이라고 창문에 쓰여 있는 곳. 거기가 우리 예쁜 마누라네 작업실이에요. 작. 업. 실. 우리 마누라가 그림을 기가 막히게 잘 그리거든요? 아, 우리 마누라 좀 있으면 끝나나? 끝났나? 끅."

술에 찌든 목소리로 그가 말했다.

"아, 저기 미술 작업실이 부인께서 운영하시는 곳이었어요?"

"어어, 맞아, 맞아. 저기가 우리 장인어른이… 끄윽."

여자는 맞은편 건물의 미술 작업실을 보았다. 큰 유리창에 '화실'이라고 크게 시트지가 붙어 있고, 반쯤 닫힌 블라인드 밑으로 불빛이 새어나오고 있었다.

몇 번 카페를 방문했던 예쁘장한 애기 엄마.
여자는 그녀의 얼굴을 또렷하게 기억했다.

카페에서 따뜻한 아메리카노를 우아한 말씨로 주문하던 아주머니가 그녀가 카페로 들어오자 "우리 미술 선생님을 여기서 만나네."하며 반가워하기에, 무슨 일을 어디서 하는지 알게 되었었다.

누가 봐도 미인.

게다가 동네 사모님들에게 '선생님' 소리를 들으며 큰 화실을 운영하는 미술 작가. '그녀가 이 사람의 부인이었구나'라는 생각이 들자, 여자는 묘한 질투심이 일어났다.

여자는 그를 부축하며 말했다.

"여기 있으면 얼어 죽어요. 제가 따뜻한 물 드릴 테니 들어오세요."

그는 술기운에 여자의 몸에 기대 카페로 들어갔다.

여자는 그를 대충 소파에 앉혀 놓고, 재빠르게 유리문을 잠그고 블라인드를 내렸다.

이제 누구도 카페 안을 들어올 수도, 볼 수도 없었다. 여자가 비몽사몽 정신을 못 차리는 남자 곁에 몸을 밀착하고 앉았다.

"부인이랑 사이가 안 좋으세요?"

"으응? 아니, 꼭 그런 건 아니야."

"부인 사랑해요?"

"사랑? 사랑이 뭐지? 몰라, 난 그런 거는… 아! 사랑! 사랑 좋지! 사랑 때문에 파리에 내가 갔는데… 끄윽. 아, 사랑."

술에 취해 혀가 꼬여 무슨 말을 하는지도 모르겠는 그의 짙은 파란색 코트를 여자가 능숙한 손놀림으로 벗겨냈다. 그리고는 여자가 슬며시 그의 품으로 파고들었다. 그도 본능적으로 여자를 안았다.
서로의 몸을 만지는 움직임이 몇 차례 오가다, 여자가 그의 입술에 입을 포갰다. 그는 정신이 번뜩 들었다.

여기서 지금 하던 일을 이어간다면, 아버지와 같은 삶을 살겠다는 꿈으로는 영영 돌아갈 수 없으리란 걸 직감했다. 여러 여성의 몸을 아무 생각 없이 탐하던 때가 있었던 그였지만, 단 한 번도 그녀와 사귀는 동안이나 결혼한 이후에는 외도한 적이 없었다. 다른 여성들과 연락을 주고받거나 호의를 나눈 정도가 고작이었다.
정신이 번쩍 든 그는 여자를 떼어놓고 말했다.

"나, 물 한 잔만 줘요."

여자가 가져다준 물을 벌컥 들이켜고는 그가 소파에서 일어났다.

"난 갈게요."

바람이 매섭게 불던 추운 날, 짙은 파란색 코트는 카페에 둔 채 그는 그 길로 곧장 집으로 돌아갔다.
그 시간, 화실에는 여전히 불이 켜져 있었다.

창문을 볼 용기가 없었다. 자정이 넘도록 작업실 바닥에 주저앉아 한참 동안 눈물을 쏟다 멍하니 있던 그녀는 집에 갈 채비를 했다.
카페의 불은 여전히 꺼져 있었다.

집에 가니 남편이 이미 도착해 술 냄새를 짙게 풍기며 자고 있었다. 그가 대충 침대 밑에 벗어둔 셔츠에서는 여자의 진한 파운데이션과 립스틱 자국이 선명했다.

절망으로 그녀의 눈에서 눈물이 또다시 쏟아져 내렸다.

그렇게 그 밤, 이미 황폐했던 그녀의 숲 중심부는 더 빠르게 파괴되었고, 결국엔 무너져버렸다.

想林月 달의 앞면

33

 (그가 술을 마시고 여자의 카페에 있었던 다음 날) 토요일 아침.

 잠에서 깨어난 그를 기다리고 있던 건, 눈물의 밤을 뜬눈으로 보내 얼굴이 엉망으로 부어 있는 아내였다.

 "어제 뭐 했어?"

 "어제?"

 "나 친구들이랑 당구 한 판 하고 집에 오려는데…"

 "아니, 그거 말고."

"아… 술 안 마시려고 했는데 애들이 마시자 하잖아."

"아니, 그거 말고."

"뭐, 그거 말고 뭐?"

"어제 나, 카페로 밤에 여자랑 들어가는 거 다 봤어."

앙칼지게 말하며 그녀가 던진 셔츠에는 어젯밤의 흔적이 고스란히 남아 있었다.
그는 정신이 번쩍 들었지만, 아무 말도 할 수 없었다.
숙취로 인해 머리가 깨질 것만 같았다.

"미안해…"

남편의 미안하다는 말에 그녀는 돌아버릴 것만 같은 기분이 들었다. 차라리 '네가 잘못 봤겠지, 무슨 소리 하는 거냐'고 그가 당당하게 말해주기를 바랐다. "미안해."라는 말에는 인정의 의미가 있었다.

그녀는 더 이상 그와 말을 하고 싶지 않았다.

아무 일도 없었다고 말했지만, 셔츠의 진한 화장품 자국들을 앞에 두고 그런 말을 하는 건 아무런 의미가 없었다.

34

　오후가 되자 그는 몸을 대강 추스르고 처가댁에 아기를 데리러 갔다.

　아기가 태어나기 전, 그들의 신혼 생활은 안정적이고 즐거웠다. 퇴근하고 도착한 집에는 예쁜 그릇에 맛있는 식사를 준비해놓고 그를 기다리는 그녀가 있었다. 다정한 대화가 오고 가는 저녁 식사 시간이 끝나면, 다 먹은 음식은 그가 정리하고 설거지했다. 주말이 되면, 그 역시 아내인 그녀를 위해 요리를 했고, 최신 영화를 보기 위해 극장이나 맛집으로 소문난 레스토랑으로 데이트를 다니곤 했다.

　그렇게 둘은, 둘만의 시간을 온전히 서로에게 집중하며 지냈다.

그러던 중, 갑작스러운 임신 소식.

타고나길 예민한 그녀였다. 호르몬의 영향으로 그녀는 입맛이 까다로워지고 성격이 날카로워졌다.
그래도 그는 헌신적으로 그녀를 돌보았다.

그리고 태어난 아기.
시도 때도 없이 울고 잠에서 깨어나는 아기는 축복이기도 했지만, 자유롭게 생활하던 젊은 부부에게는 버거운 존재였다. 그래도 그와 그녀는 서로를 배려하고 응원하며, 서툴지만 육아에 온 정성을 쏟았다.

하지만 아기가 태어난 지 50일쯤 되었을 때, 손녀를 보러 온 그녀의 친정아버지가 사위인 그의 자존심을 무자비하게 짓밟고는 지금 살고 있는 집을 하루속히 정리하라고 명령했다.

태어난 지 갓 두 달이 조금 넘은 아기를 데리고, 젊은 부부는 이사를 감행해야만 했다. 그녀의 친정 근처로. 대한민국 사람이면 누구나 '부촌'이라고 말하는 곳. 그러다 보니 집값은 원래 살던 곳의 두 배나 되었지만, 집의 크기는 오히려 10평 정도나 작았다.

짐 정리를 아무리 해봐도 원래 살던 곳보다 작은 집에 물건들이 들어오다 보니 집 안 공간은 물건들에게 점령당해 버렸다. 특히 아기의 물건들은 크기도 크고 종류도 다양해, 어느 순간부터는 정리가 더 이상 의미가 없어져 버렸다.
아기는 계속 울었다. 이유는 알 수 없었지만, 보통은 배가 고프거나, 졸리거나, 아프거나 셋 중 하나였다.

아기가 태어난 지 6개월쯤 지나자, 그는 시도 때도 없이 나타나 세세하게 간섭하는 처가 식구들에 대한 분노와 육아에 대한 스트레스로 다시 술을 입에 대기 시작했다. 그녀가 파리 유학을 가고 나서, 술병이 날 정도로 마셔대다 끊었던 이후 처음으로, 그는 다시 취할 만큼 술을 마셨다.

한 번은 어렵지만, 두 번 세 번은 쉬웠다.
결국 매주 금요일이면 약속이나 한 듯 그는 술에 취해 집으로 돌아왔다. 이러한 사위의 일탈을, 가까이 사는 장인이 묵인할 리 없었다. 술에 취한 사위를 무릎 꿇린 채 근엄하게 훈계했지만, 이번엔 사위도 달랐다.

술기운에 그간 쌓여왔던 섭섭함과 분노를 장인어른에게 맹렬하게 쏟아냈고, 그날 이후로 장인어른은 그들의 집에 오지 않았다.

그리하여 아기는 매주 금요일 오후에 장모님이 데려갔고, 그녀의 친정집에 있다가 토요일 점심쯤 그녀가 다시 데려오곤 했다.

하지만 그날은 밤새 울어 얼굴이 엉망이 된 그녀가 친정에 갈 수 없었다. 아기 앞에서 친정 엄마와 아빠가 결혼을 잘못한 탓이라며 그녀를 탓하고 소리 지를 게 뻔했기 때문이었다.
결국 그가 아기를 데리러 처가댁 현관 앞의 벨을 눌렀다.

"장모님, 저 왔습니다."

"어… 그래, 근데 왜 자네가 데리러 와?"

"아, 아내가 조금 컨디션이 별로라고 해서 제가 왔습니다."

깔끔히 정돈된 호사스러운 집.

긴 현관을 지나 잘 보이지도 않는 저편 방 안에서 기척이 들렸다. 장인어른이 분명했지만, 나오지 않았다. 언짢은 표정을 감추지 않는 장모님과도 별다른 말없이 아기를 받아 나왔다.

돌이 채 되지도 않았지만, 아기가 미인으로 자랄 거라는 건 누가 봐도 알 수 있었다.

굴욕감을 느끼며 아기를 안고 집에 오는데, 왠지 이 모든 고통이 아이의 탄생 때문인 것만 같았다. 아기가 태어나기 전, 예전에 살던 집에서 그녀와 서로 행복하게 지내던 시절이 떠올라 괴로웠다.

모든 것이 잘못된 것만 같이 느껴졌다.

35

 남자는 그녀의 작업실에서 취미로 미술을 시작하고는 집에서도 그림을 그렸다.

 남자의 모친은 자신이 아들을 낳지 못해 괴로웠던 만큼, 손자를 바랐다.
 그래도 여기저기 들이대면 대는 대로 선을 보던 아들이었다. 탄탄한 경제력에 화려한 이력이 더해진 데다 잘 관리된 외모 덕에, 이십 대 후반 여성들도 마흔 살이 훌쩍 넘은 남자와의 선 자리에 나왔다.
 그런 아들이 갑자기 선을 거부했다.

 처음엔 아예 결혼을 포기한 것인가 싶어 걱정하다가, 혹시나 만나는 여자가 생긴 건 아닐까 기대했다. 아들은 성인이 되자 모친과 대화를 많이 하지 않았다. 그 누구와도 딱히 대화를 많이 나누는 것 같지도 않았다.

어린 시절, 국민학교 선생님이 준 치료 기회를 자신이 받아들이지 못해 아들이 혼자 된 건 아닐까, 모친은 종종 생각했다.

반찬을 가져다준다는 핑계로 아들의 집을 주말에 급습했다. 당황하는 아들을 보니, 왠지 집에 여자를 숨겨뒀을 것 같기도 했다. 우격다짐으로 밀고 들어간 아들의 집. 그곳엔 살아 있는 여자는 없고, 웬 그리다만 여자 얼굴이 있었다.

그랬다.
남자는 그녀의 얼굴을 그리고 있었다.

하지만 이러한 순수함은 슬프게도 사회적으로 용인되는 나이가 있었다. 아내의 얼굴이나 자식의 얼굴이라면 취미로 그려 선물하는 게 꽤나 감동스러운 일이겠지만, 짝사랑하는 여성을 방 한구석에서 상상하며 그리는 건 마흔이 넘은 남자가 할 일은 아니었다.

남자도 자신의 행동이 이상하다는 건 알고 있었기에, 누구에게도 말 못 하는 은밀한 혼자만의 취미로 그림을 이어가고 있었는데, 갑작스럽게 모친에게 그 현장을 들켜버려 적잖이 당황했다.

"이건 누구니? 예쁜 여자 같네."

"묻지 마세요."

모친은 정성껏 싸온 반찬을 냉장고에 넣었다.

귀하디귀한 내 아들. 무엇이 문제인지 모른 채 사람들 속에서 오랜 시간 방황했을 아들에게, 모친은 어렵게 옛날이야기를 꺼냈다.

"혹시 예전에, 아주 예전에 국민학교 때 엄마랑 병원 간 거 기억나? 검사받으러."

"네…"

머리 좋은 남자도 그날의 기억을 잊지 않고 있었다.

모친은 터져 나오는 울음 섞인 목소리로 그날의 이야기, 검사 결과, 그리고 자신이 치료를 받아들이지 못한 이유 등을 남자에게 말했다.

남자는 한동안 말을 하지 못했다. 사람들 사이에서 항상 겉돌았던 기억들이 떠올랐지만, 괴롭지는 않았다. 다만 지금은 그녀를 얻을 수 있는 방법을 알 수 없다는 것과 모친이 괴로워하는 모습이 싫었다.

"지금 제가 어떻게 해드리면 좋겠어요?"

"그냥 날 안아주겠니?"

남자는 조용히 모친을 안았다.

엄마.
누나들과 함께 있어도, 항상 엄마는 아들만 바라보았다.
언제나 따뜻한 엄마의 품.

想林月 달의 앞면

어릴 때는 항상 엄마의 품에 파고들어 잠들곤 했던 기억이 떠올랐다. 하지만 지금은 언제 마지막으로 안아드렸는지 기억조차 나지 않을 정도로 오랜만의 엄마 품이었다.

 남자는, 때로는 아무 말 없이 안아주는 것이 서로에게 큰 위로가 된다는 사실을 그날 깨달았다.

36

그는 아직 숙취를 완전히 해결 못한 상태에서 육아를 해야 했다.

돌이 채 안 된 아기는 손에 잡히는 건 뭐든 입으로 가져갔고, 여기저기를 잡고 뒤뚱거리며 일어나다 엉덩방아를 찧기를 반복했다.

"하지 마! 그러지 말라고!"

그는 자신도 모르게 소리를 질렀다.
아빠의 큰 목소리에 아기는 "으에엥!" 하고 놀라 울었다.

"아, 제발 울지 마! 머리 아프다고! 울지 말란 말이야!"

더 커진 아빠의 목소리에 아기는 자지러질 듯 울어댔다. 지난밤 한숨도 못 자고, 울어 얼굴이 통통 부은 그녀가 아기의 울음소리를 듣고 낮잠에서 깼다.

"왜 애한테 소리를 지르는데? 애가 뭘 잘못했다고?"

그녀는 그에게 소리를 지르며 아기를 안았다.
그러고는 아기를 데리고 방으로 들어가 버렸다.

이런 날들이 그와 그녀에게 한동안 계속되었다.

37

 며칠이 지나도록 짙은 파란색 코트 주인은 카페에 나타나지 않았다.

 여자는 그가 보고 싶어 안달이 났다. 외모도 체격도 훌륭했지만, 맞은편 화실의 미술 선생님이 그의 부인이라는 사실이 묘하게 여자를 자극했다. 하지만 연락처도 이름도 모르니 마냥 기다릴 수밖에 없었다. 엄마가 일하는 시간에도 자신이 카페를 운영하겠다며 며칠 동안 짙은 화장을 한 채 카페에 붙박이장처럼 붙어 있었다.

 그 일이 있고 난 정확히 일주일 후, 그러니까 금요일 이른 저녁.
 퇴근길의 그가 카페에 들어왔다.

"안녕하세요."

"안녕하세요."

어색한 인사였다.

"제가 코트를 지난주에 두고 간 것 같은데 혹시 있나요?"

"네... 안 그래도 다시 오실 것 같아서 기다리고 있었어요."

두근거리는 마음을 감추며 여자가 다른 이야기를 이어 나가려는 찰나, 또 다른 손님이 카페 문을 열고 들어왔다. 그 틈에 그는 코트를 건네받고 가볍게 목 인사만 한 뒤 카페를 나갔다.
그게 끝이었다.

그는 더 이상 아침에 카페에 가지 않았다. 지하철을 타려면 집에서 카페 앞을 지나쳐야만 했다. 그는 출퇴근을 차로 하기 시작했다. 차를 핑계로 술 약속도 끊어내기 수월했다.

하지만 그날 코트를 받아 들고 카페에서 나가는 자신의 모습을, 맞은편 건물의 작업실 창문을 통해 아내가 봤을 거란 생각은 꿈에도 하지 못했다.

想林月 달의 앞면

38

그녀는 남편이 코트를 받아들고 카페 문을 나가는 모습을 보았다.

분노와 절망감 그리고 배신감이 지난주 밤보다 더 심하게 느껴졌다. 남편의 모습은 지난주와 달리 술을 마신 상태도 아니었다. 멀쩡한 정신으로 다시 카페의 여자를 만나러 갔다는 사실이, 그리고 그걸 목격한 자신이, 한스러웠다.

눈물이 나왔지만 울 수도 없었다. 곧 직장인 수강생들이 올 시간이기 때문이었다.
감정을 애써 추스르고 있는데 문자가 왔다.

'선생님 안녕하세요. 갑작스럽게 죄송하지만 오늘 야근이 급

하게 잡혀 미술 수업에 참여하지 못할 것 같습니다. 다음 주
에는 꼭 갈게요.'

지난주 상담을 하고 오늘부터 수업에 참여하기로 한 새 수강생이었다. 괜찮다고, 다음 주에 오라고 문자를 보내는데 전화가 왔다. 가끔씩 원데이 클래스 코스로 작업실에 오는 여자 수강생이었다. 오늘은 아크릴 물감을 두툼하게 올려 바다를 그리기로 했었다.

"선생님, 안녕하세요. 저 팀장님이 갑자기 회식을 하자고 해서 끌려가고 있어요."
"아 네, 그럼 다음 주에 오시겠어요?"
"어쩌죠. 다음 주엔 제가 제주도 여행이 잡혀 있어요."
"그러면 스케줄 되실 때 미리 연락 주시겠어요?"
"네, 감사해요. 죄송해요."

이십 분 뒤, 퇴근을 한 남자가 그녀의 화실에 도착했다.

꽃을 한 아름 안고.

39

둘이서만 미술교습을 하는 건 그날이 처음이었다.

"다른 분들은 안 오시나 봐요."

"네, 오늘 갑자기 다들 일이 생기셨다고 연락이 왔어요."

"꽃은 아래층 꽃집에서 사셨나요?"

"네, 사진보다는 진짜 꽃을 보고 그리고 싶어서요."

"하지만 다음 주에 오셨을 때 이 꽃들은 다 시들었을 텐데요. 아무리 잘 관리를 해도 오늘 같지는 않을 거예요."

"상관없어요. 다음 주에 똑같은 꽃을 이미 주문해 두었어요."

"같은 종류의 꽃이어도 모양은 다를 텐데요…" 라고 말은 했지만, 그녀는 아름다운 꽃다발에 잠시 카페에서 나가던 남편의 모습을 잊을 수 있었다.

연애할 때도, 무슨 이유인지 남편은 꽃 선물은 해주지 않았다. 작업실 아래층에 꽃집을 보며 꽃 선물 받고 싶다고 은근히 이야기해 보았지만 남편은 듣는 둥 마는 둥 했다.

그녀에게 주는 선물은 아니었지만, 아름다운 꽃들과 같은 공간에 있는 것만으로도 기분이 나아졌다. 남자는 자화상을 완성하고는 꽃을 그리고 싶다고 했다.

작업실이 있는 건물 1층엔 편의점이, 그리고 바로 옆 건물 1층엔 꽃집이 있었다.

여자들은 꽃을 좋아한다고 이십 대부터 즐겨 보던 남성잡지에서는 강조했다. 때때로 소개를 받아 마음에 들던 여자들에게 꽃을 건네면 대부분 그날만큼은 데이트가 수월했다. 하지만 그녀에게는 꽃을 줄 명목이 없었다. 그래서 꽃을 그리고 싶다고 했다. 그리고는 꽃다발을 미리 꽃집에 주문했다.

둘만 있는 작업실의 공기는 예전과는 사뭇 달랐다.

조용히 둘이서만 있자니 어색했다. 물감을 붓에 찍는 소리, 붓을 물통에서 흔드는 소리, 아주 작게 틀어 놓은 클래식 음악만이 한동안 작업실에 들렸다.

남자는 그림을 그렸고, 그녀는 다시 창밖을 바라보았다.
카페를 나가는 남편의 모습이 자꾸만 생각나 눈물이 났다.
조용함을 깨고 남자가 말했다.

"선생님, 이 보라색 꽃잎 부분… 꽃이랑 비슷하게 색을 만들어 보려고 하는데 잘 안되네요."

"아, 네. 갈게요."

그녀는 눈물이 살짝 고인 채로 이젤 앞에 앉아 있는 그에게 다가갔다.

"괜찮으세요?"

남자의 물음에 그녀는 참았던 눈물이 그만 터지고 말았다. 의자에서 일어난 남자가 조심스럽게 그녀를 살포시 안아주었다.
아무 말 없이 그녀는 한참을 남자의 품에서 울었다.

눈물이 멈추자 다시 어색한 공기가 두 사람 사이에 채워졌다.
남자가 어렵게 말문을 열었다.

"저는 사실… 이런 거 잘 못해요. 사람과의 관계, 뭐 이런 거요. 그래서 어떻게 위로해 드려야 하는지 지금 잘 모르겠어요."

그녀가 눈물을 닦고 물었다.

"왜 그렇게 생각하세요?"

그는 얼마 전 자신의 모친에게 들은 이야기를 그녀에게 들려주었다. 자신의 부족함을 좋아하는 여인에게 고해성사 하듯 말하는 자신의 모습이 이상하게도 부끄럽거나 수치스럽진 않았다. 누군가에게 처음으로 평생을 사람들 사이에서 겉돌아온 이야기를, 남자는 담담하고 솔직하게 그녀에게 들려주었다.

"그래서 선생님이 힘들어하시는 모습 지난주에 봤을 때, 어떻게 해야 할지 몰라서 그냥 나왔어요."

작은 목소리로 기운 없이 말하는 남자를, 그녀도 잠시 아무 말 없이 안아주었다.

"지난주에 남편이 다른 여자와 있는 걸 봤어요."

얼마간의 시간이 지나고 그녀도 기운 없이 남자에게 말했다.

"죄송해요. 오늘은 수업을 좀 일찍 끝내는 게 좋겠어요. 못 한 시간은 다음에 보충해드릴게요."

그녀는 머릿속에 누군가 들어와 마구잡이로 헤집고 간 느낌이 들었다.
속이 입덧할 때처럼 매슥거렸다.

남자는 뭐라 더 말하고 싶었지만, 어찌할 바를 모른 채 미적거리면서 쓰던 물감과 붓들을 정리했다.
더 함께 있고 싶었지만, 어떻게 말해야 할지, 어떻게 행동해야 할지, 방법을 알 수 없었다.

"꽃은 시들면 치워주시겠어요? 아니면 오늘 선생님 댁에 가져가셔도 괜찮아요. 꽃 보면 기분 좋아질 수도 있잖아요. 꽃집에 이미 다음 주 금요일에 찾는 걸로 해서 같은 꽃들로 주문해놨어요."

"감사해요. 오늘 제가 일찍 수업 끝내서 죄송해요."

그녀가 현기증에 살짝 비틀거렸다. 출산을 하고 제대로

쉬지도 못한 데다, 아이를 데리고 이사도 했었다. 계속 화실을 운영하며 틈틈이 전시 준비도 하다 보니 몸이 많이 축난 상태였다.

투닥거리며 자주 싸워도 믿었던 남편이었다.
그리고 자신이 수강생일 뿐인 남자에게 기대서 울었다는 것도 부끄러웠다.

남자는 코트와 가방을 챙겼다.

"그럼 저는 먼저 가볼게요."

주차장으로 내려와 운전석에 앉자, 후회하는 감정이 밀려들었다.

'힘들면 언제든지 연락하세요.'라는 말이라도 할 걸.
'집에 모셔다드릴게요.'라고 할 걸.

다시 작업실로 올라가볼까 고민만 하다 시간이 흘렀다.

40

그리고 다시 일주일이 흘렀다.

일주일 내내 그녀 생각만이 가득했지만, 어쩔 도리가 없었다. 괜찮으냐고 묻고 싶었지만, 어떤 답이 올지 두려워 물어볼 수 없었다. 까딱 잘못하면 쌓아온 모든 것들을 잃을 수도 있을 텐데, 남자는 기혼자이며 아이 엄마인 그녀를 사랑하는 것에 대한 두려움이나 걱정은 없었다.

다만, 그녀를 저리 방치하고 다른 여자를 만나는 그녀의 남편이 괘씸해서 미칠 지경이었다.

두 사람이 위로의 포옹을 주고받았던 지난주와 동일한 구성의 꽃다발을 품에 안고, 남자는 작업실에 도착했다. 오늘은 지난주에 갑작스러운 야근으로 인해 결석했던 새로운 수강생이 먼저 와 있었다.

셋이서 하는 수업.
남자는 새로운 수강생이 있으니 덜 어색하겠지 싶어 다행이라 생각했지만, 이내 앞으로 둘만 있을 수 있는 시간이 다시는 오지 않을 수도 있겠다는 걱정도 동시에 들었다.

지난주 일 때문인지, 아니면 새로운 수강생의 첫 수업이라서인지, 연신 다른 수강생의 이젤 앞에만 있는 그녀에게 남자가 말했다.

"선생님, 제 그림 꽃대 부분 표현이 어색한 것 같아요."

그녀가 다가왔다.
항상 그녀에게는 향긋한 향이 났다.

"제가 도와드릴게요."

마법 같은 문장이었다.

남자는 도움이 필요했다.

그녀와의 관계에 있어서도, 꽃 그림을 완성하는 데 있어서도.

想林月 달의 앞면

41

 코트를 받아들고 집으로 들어온 그는 식탁에 멀거니 앉아 있었다.

 저녁시간이었지만 입맛이 없었다. 아기는 그녀가 친정에 맡기고 화실에 갔기에 집은 텅 비어 있었지만, 바닥엔 딸랑이 같은 장난감들이 널려 있었고, 식탁엔 아기가 먹다 흘린 유아식 자국들이 여기저기 말라붙어 있었다. 샤워를 대충 하고 옷을 갈아입고 집을 정리하기 시작했다.

 아기 옷들을 잘 개어 옷장에 넣고 장난감들을 통에 넣었다. 그러고는 자신의 옷과 그녀의 옷들도 개어 옷장에 넣었다. 식탁의 얼룩들을 지우고 오랜만에 설거지를 시작했다. 생각해보니 예전 집에서 평일 설거지 담당은 자신이었다.

새로 이사 오면서 설치한 식기세척기가 설거지 시간을 줄여주긴 했지만, 몇 달 동안 거의 모든 살림과 육아는 그녀의 몫이었다. 도와주는 시터이모님이나 장모님은 아기만 돌봐주었기 때문에 청소나 빨래, 밥을 차리고 치우는 일은 모두 그녀가 해왔던 게 생각이 났다.

코트를 받으러 카페에 갔을 때도 잠시 생각했다. 여자가 자기를 쳐다보던 끈적함이 느껴졌다. 그렇지만 그는 지난주 밤에 술을 마시고 카페 앞에 앉아 있던 것에 대해 후회스러운 감정이 들었다.

이런저런 생각을 하다 맨밥에 대충 김치만 꺼내 라면을 끓여 먹었다.
아직 그녀가 올 시간이 아닌데 현관문 소리가 들렸다. 큰 꽃다발을 한아름 안고 들어온 그녀는 그를 본 척도 안 하고 그대로 방으로 들어갔다.

잠시 후 화장실에서 토하는 소리가 들리더니, 원체도 하얀 얼굴의 그녀가 더욱 새하얗게 질려 나왔다.

想林月 달의 앞면

"어디 아파? 그래서 일찍 온 거야?"

그가 걱정되어 물으며 그녀의 등을 어루만지자, 그녀는 경기라도 일으킬 것처럼 놀라며 날카롭게 소리 질렀다.

"내 몸에 손대지 마."

그리고는 다시 화장실로 뛰어 들어가 두어 차례 토를 더 하고 방으로 들어갔다.

그는 먹던 라면을 싱크대에 부었다. 싱크대 개수구 안에 덩어리로 뭉쳐져 내려가지 않는 꼬불꼬불한 라면 면이 마치 그와 그녀처럼 느껴졌다.

그녀는 샤워를 하고는 침대에 누웠다.
대화를 해보려고 그가 그녀 옆으로 눕자, 다시 날카로운 목소리로 말했다.

"나 잘 거야. 밤에 아이 없는 날이 일주일에 하루, 오늘뿐이야. 밤에 안 깨고 잘 수 있는 날이 나는 오늘 딱 하루라고."

그랬다.

그녀를 닮아 예민한 아기를 데리고 자느라, 그녀는 잠을 시도 때도 없이 깨야만 했다. 그럴 때마다 그는 혼자 신혼 때 쓰던 큰 침대에서 편히 자곤 했었다.

미안한 마음이 들었다.

"미안해. 나 이제 술 안 마실 거야. 차로 출퇴근할 거고. 내가 잘할게. 몸 안 좋으면 약 사올까?"

그녀는 아무런 대꾸 없이 늘어져 잠에 들었다.

Derevo's Idea 2.0.8, Seoul, 2013, Pen on paper, 42 x 59.4 cm

43

다음 주 목요일 아침 6:30.

(홍학을 거느린 숲의) 남자가 자신의 차를 카페 앞에 주차하고 카페 문을 열고 들어왔다.

"안녕하세요."

"안녕하세요. 오늘은 따뜻한 카페라떼랑 크로와상 주세요."

"네? 오늘은 아메리카노 안 드세요?"

"네. 라떼 주세요."

웬일로 남자가 커피 메뉴를 바꿔 주문했다.

다른 날과 달리 말을 조금 더 튼 김에 여자가 라떼를 준비하며 말을 걸었다.

"사모님이 꽃 좋아하시나 봐요."

"네?"

"지난주에 꽃다발 사서 나가시는 거 봤거든요. 여기 앉아 있으면 맞은편 꽃집이 잘 보여요."

남자는 약간 당황하고는 "네."라고만 짧게 대답했다. 여자는 별다른 소득 없이 남자에게 라떼와 크로와상을 건넸다. 다음 날인 금요일에도 남자는 카페의 첫 손님으로 와서 라떼와 크로와상을 시켰다. 어제처럼 별다른 대화는 오고 가지 않았다.

금요일 저녁, 그에게 코트를 건네주던 지난주 금요일과 잠시 그의 몸을 만질 수 있었던 지지난주 금요일의 아쉬움 때문에, 금요일은 오픈부터 저녁 마감까지 자신이 하겠다고 이야기하고 하루 종일 카페에 있는 여자였다.

혹시라도 금요일 저녁 다시 그가 잠깐이라도 들르지 않을까, 퇴근길에 카페 앞을 지나가지는 않을까 싶어 카페 유리문을 계속 바라보며 시간을 보내고 있었다.

퇴근 시간, 종종 오는 손님들의 주문을 받으며 유리문을 보는데 그는 보이지 않고, 꽃집에서 큰 꽃다발을 들고 나가는 사람이 보였다.

'또 꽃 사가시네. 사모님은 좋겠네.'

마음속으로 그렇게 생각하다 자신의 첫 경험을 떠올렸다. 교수가 이혼을 당하고 학교의 명예를 실추했다는 이유로 학교를 쫓겨나듯 그만둔 이후, 이제 온전히 교수를 차지할 수 있을 거란 어리석은 생각과 함께 스무 살의 여자는 교수와의 미래를 꿈꿨다.
그러나 모든 걸 잃은 교수는 차가웠다.

"연락하지 마. 나는 너 때문에 모든 걸 잃었어. 근데 넌 왜 나한테 연락을 하니? 와이프랑 다시 잘해보려고 하는데 연락하면 어떻게 해? 다신 하지 마. 아니, 니 맘대로 해. 나 너 차단할 거니까!"

남자답지도, 지식인스럽지도, 아이들의 아버지 같지도 않은 비겁하고 초라한 모습으로 도망치던 모습. 그게 여자에게 교수의 마지막 모습이었다.

카페 마감시간이 다가왔는데도 수많은 상념들 속에서 헤어 나올 수가 없었다.
그때였다.
작업실을 정리하고 그녀가 꽃다발을 안고 건물 밖을 빠져나오는 건. 보라색 꽃들이 중앙에 자리 잡고 있는, 몇 시간 전 카페 첫 손님인 남자가 들고 있던 꽃다발과 같아 보였다.

여자는 순간 여러 가지 생각이 떠올랐다. 그의 부인이라던 그녀가 첫 손님이 들고 있던 꽃을 들고 어디론가 간다? 설마 첫 손님과? 이상했지만 더 이상 생각은 하지 않으려 애썼다.
왠지 모르게 행복해 보이는 그녀에게 질투심이 불같이

일어났다.

 자신은 누구에게도 진정한 사랑을 받지 못하는데, 누군가는 멋진 남자들로부터 사랑을 받고 있다고 생각나니 자신이 너무나 비참했기 때문이었다.

44

남자는 수요일에 이른 퇴근을 했다.

새로 지은 지 얼마 안 된 커다란 건물 지하에 주차를 하고 크게 숨을 내쉬었다. 건물 4층엔 여러 병원이 있었다. 국민학교 때 검사를 받으러 갔을 때, '소아정신과'라고 쓰여 있던 글자가 남자의 머릿속에서 떠올랐다.

'정신건강의학과의원.'

남자가 자동문을 통해 병원에 들어갔다.

"예약하셨나요?"

"네."

"초진이시네요. 여기 질문지 작성 부탁드려요."

남자가 질문지와 볼펜을 건네받았다. 질문지에는 우울한지, 혹은 불안한지 등의 기분에 관련된 질문들이 가득했다. 빠르게 읽어나가며 자신이 느끼는 상태에 대해 적어 나갔다. 남자의 차례가 되자 간호사가 진료실로 안내해 주었다.

"안녕하세요."

"안녕하세요. 어떤 점이 불편해서 오셨나요?"

"저…."

그녀 앞에서는 모든 걸 쏟아내듯 말했던 남자이지만, 나이 많은 여자 의사에게는 왠지 말문이 열리지 않았다.

"말씀하시기 힘드실 수 있어요. 하지만 여기 오셨을 때는 마음이 어려운 부분이 있으셔서 오셨을 테니, 생각나는 대로 이야기하셔도 괜찮아요. 말씀하시는 모든 건 비밀이 보장됩니다."

비밀이 보장된다는 말에 남자는 큰 숨을 내쉬고는 이야기를 시작했다. 국민학교 때 있었던 일부터 사람들 사이의 관계들. 그리고 그녀.
그녀 이야기를 의사에게 털어놓기 시작하자, 뭔지 모르게 마음이 조금 더 불편해졌다.

의사는 아무 말 없이 듣더니, 지금 그녀와의 관계에서 원하는 게 뭐냐고 물었다.
남자는 자신도 잘 모르겠다고 답했다. 사실 남자는 알고 있었다. 그녀를 원한다. 함께 있고 싶고, 미래를 그리고 싶다. 하지만 왠지 처음 보는 의사에게 말하고 싶지는 않았다.

잘 모르겠다는 그의 말에, 의사는 이야기하시기 힘든 부분들이셨을 텐데 들려주셔서 고맙다고 했다. 그리고 다음 예약 때 좀 더 이야기해보자고 했다.

남자는 자리에서 일어났다. 정신과에 오면 뭔가 큰 해결이 될 줄 알았는데, 약간은 싱겁다는 생각이 들었다.

수납을 하고 다시 주차장으로 와 운전석에 앉았다.
멋지고 비싸고 좋은 차임을 나타내는 이탈리아 자동차 회사의 마크가 핸들 중앙에 잘 박혀 있었다.

그녀와의 관계에서 원하는 것.

지금 당장은, 일단 그녀가 보고 싶었다.

45

퇴근길에 꽃집에 갔다. 꽃집 아주머니가 말했다.

"어? 금요일에 찾으러 오시는 거 아니셨어요?"

"맞아요. 오늘은 금요일에 사가는 꽃 중에서 몇 송이만 사 가려 왔습니다."

남자는 보라색 꽃을 가리키며 말했다.

"저 꽃 조금만 주세요."

"리시안셔스 말씀이죠? 매번 가져가시는 꽃다발 중앙에 있는 거."

"네, 맞습니다. 아, 저 꽃 이름이 리시안셔스인가요?"

"네, 리시안셔스 꽃말이 뭔지 아세요? 변치 않는 영원한 사랑이에요. 이 정도로 다발 만들어 드리면 될까요?"

아주머니가 꽃대 몇 개를 잡아 작은 부케 모양을 만들었다.

"네. 아, 그렇게 하나 더 만들어 주세요."

"네, 바로 만들어 드릴게요. 그럼 내일모레에도 지난주 금요일이랑 똑같이 준비해두면 되는 거 맞죠?"

"네."

아주머니가 흥얼대며 보라색 리시안셔스 다발 두 개를 빠른 손놀림으로 완성했다. 그리고는 "아유, 사모님은 좋으시겠어,"라고 말하며 살짝 남자 눈치를 봤다. 유부남이라면 꽃을 이리 자주 사 갈 리가 없을 거라 생각해 떠본 말이었다. 남자는 별다른 대꾸 없이 카드를 건넸다.

그리고는 그녀의 작업실이 있는 건물 4층으로 올라가 다발 하나를 문 앞에 조심스레 놓고, 다발 하나는 집으로 가져왔다.

46

그녀는 보통 평일 오전엔 동네 주부들을 가르치고 오후부터는 혼자 그림을 그렸다.

화가의 꿈을 포기하지 못한 탓도 있지만, 그림을 그리지 않으면 살 수 없을 것 같은 마음속 깊은 허기짐 때문이었다. 하지만 아이도 돌봐야 하니 오후 다섯 시쯤에는 작업을 마치고 집에 가야 했다.

수요일.

혼자 그림을 그리다 남편 생각에 자꾸만 우울해졌다. 밝은 색을 주로 쓰던 그녀의 그림에 이제 남은 색은 흰색과 검은색뿐이었다.

작업실 정리를 하고, 멋은 느껴지지 않지만 추위를 막아 주는 두툼한 외투를 집어들었다. 요란한 느낌은 아니었지만, 그녀는 원래 잘 꾸미고 다니던 사람이었다. 하지만 아이를 낳고 난 후 맞이하는 겨울은 온몸 구석구석이 저린 느낌이 들었고, 자기 자신을 돌볼 여유가 없었다.

작업실 문을 열고 나오는데, 카드도 이름도 없는 보라색 꽃다발이 바닥에 놓여 있었다.
하지만 그녀는 알았다. 금요일마다 남자가 그리던 꽃들 중 하나. 언젠가 남자의 그림을 가르쳐 주던 중, 그녀가 "전 이 꽃이 제일 마음에 들어요." 하고 지나가듯 말했던 게 기억났다.

남자가 아무 말도 없이 두고 간 꽃다발을 안고, 그녀는 집으로 돌아갔다.

47

그는 회사에서 퇴근 하자마자 자신의 SUV에 몸을 실었다. 그가 결혼 전, 큰형은 차를 바꾸며 자신이 쓰던 차를 막내동생에게 주었다.

아기가 태어나고 장인은 사위의 낡은 차에 자신의 손녀가 탈 생각을 하니 끔찍할 정도로 싫었다.

"저런 후진 차에 갓 태어난 딸을 태우고 다닐 생각을 하다니, 정신이 있는 거야? 대체 뭐야 저런 고물은, 굴러가기는 하나? 자네 집안은 뭘 해줄 수 있는 건가 대체. 내일 당장 가서 차 바꿔!"

그는 형이 준 차가 좋았다.

형의 첫 차.

고등학생이던 자신을 태우고 학원도 데려다주고, 학교가 끝나면 종종 형이 학교 앞에 차를 정차하고 기다려 주었다. 형 옆에 앉아 조수석에서 간식도 먹고, 같이 음악도 듣던 추억이 많은 차였다. 10년은 족히 넘은 차였어도 잘 관리해서 아무런 문제없이 타고 다니던 그런 차였다.

장인의 호통과 비아냥 앞에서는 아무 말도 하지 못했지만, 집으로 돌아오자마자 그는 그녀에게 장인에 대한 험담을 격렬하게 늘어놓았다. 그녀는 친정아버지의 언사가 옳지는 않았다는 걸 알지만, 자신 역시 작고 예쁜 딸을 오래된 차에 태우고 다니고 싶지는 않았다.

허영심이 많지는 않았던 그녀였다. 그래서 그동안 오래된 국산 SUV를 타고 그와 데이트를 해도 별 상관없었다. 하지만 친정 근처로 이사를 온 후, 주차장에 낡은 차는 자신들의 차 하나밖에 없다는 사실을 깨닫고, 아기를 태우고 여기저기 다니다 보니 새 차가 필요하다는 생각이 들었다.

"그냥, 아빠가 사준다니까 받자."

"싫어. 왜 우리가 탈 차를 장인어른이 맘대로 정해? 나 차 안 바꿀 거야. 다시는 이 얘기 하지 마."

"나 아빠한테 새 차 받을 거야."

"안 바꾼다고 나."

"그래, 바꾸지 마. 아빠한테 받아서 내가 다시 운전할 거야. 그러면 되잖아. 그것도 안 돼? 내 아빠가 나 차 사준다는 건데 그것조차 싫으냐고?"

자존심이 구겨질 대로 구겨진 남편의 마음을 헤아려 줘야 했지만, 그녀도 짜증이 났다.

그렇게 집에는 새 SUV와 오래된 SUV가 생겼다.

48

대부분의 날들을 야근을 핑계로 친구들이나 동료들과 당구도 치고 술도 마시고 오다 집에 이른 귀가를 하니 그는 조금 어색함을 느꼈다.

집에 오니 아기가 온 얼굴에 음식을 묻힌 채 식사를 하고 있었고, 아기 옆에서 그녀도 무언가 음식을 대충 입에 구겨 넣고 있는 것 같았다.

"저녁 먹고 오는 줄 알았는데 왜 벌써 왔어? 나 애 밥만 하고 어른 먹을 밥은 안 했어. 나가서 뭐 사오던가, 배달 시키든가 알아서 해."

"응. 나 그냥 별로 입맛 없어. 뭐, 빵 같은 거 좀 먹고 말래."

"그래? 그럼 그 성형 잔뜩한 여자네 카페 가서 먹고 놀다 오던가. 거기 뭐 빵도 있잖아."

그녀가 화가 치민 듯한 말투로 빈정거리며 쏘아붙였다.

"나 거기 안 가. 안 간 지 오래됐고, 앞으로도 안 갈 거야."

"왜? 아, 할 거 다 해서 이제 안 가? 안 간 지 오래? 아니잖아. 지난주에도 갔잖아."

"지난주에 내가 무슨 거길 가. 나 안 갔어."

"지난주 금요일에 나, 카페에서 나가는 거 봤는데. 거짓말하지 마."

그는 불현듯 코트를 가지러 잠깐 카페에 들른 게 떠올랐다.

"코트 두고 가서 그것만 찾아왔어. 그 이후로 나 거기 한 번도 안 갔고, 앞을 지나치지도 않았어."

잠시 침묵이 흐르고 그녀가 분노를 누르며 낮고 작게 말했다.

"그러니까 코트를 왜 거기다 벗어뒀는데."

"미안해. 나 샤워 좀 할게."

할 말이 없어진 그가 뒤돌아서 말했다.

샤워를 마치고 방에 들어가 보니, 그녀의 화장대에 보라색 꽃이 있었다. 얼마 전부터 집에 꽃이 자주 있었던 게 떠올랐다. 그녀의 작업실 아래층에 꽃집이 있는 건 알고 있었다. 사 달라고 그녀가 몇 번 조른 기억도 떠올랐다. 하지만 그녀도 그도 꽃에는 돈을 쓸 마음과 경제적 여유가 있지는 않았다. 물론 그가 술을 안 마셨다면 꽃을 매일 살 수도 있었을 테지만…

대체 이 꽃들은 누가 준 걸까.

아기는 식사를 충분히 하고 기분이 좋았는지, 연신 엄마 앞에서 밝게 까르르 웃고 있었다. 그녀는 아기 얼굴을 닦이고 옷을 갈아입혔다. 매트가 푹신하게 깔린 거실에 아기를 내려놓고, 그녀는 아기의 식사 흔적을 지우려 애썼다.

"식탁 내가 뭐 차려 먹고 치울게. 그냥 둬. 설거지도 내가 식탁 치우고 할게."

그녀는 아무 말 없이 행주를 식탁에 두고 아기에게 갔다. 오랜만에 집안일을 거드는 그의 모습에, 바람 핀 걸 이렇게 갚는 건가 싶어 오히려 비참함이 느껴졌다.

아기는 엄마와 커다란 원목 블록을 손에 쥐고 놀다, 이내 누르면 빛이 반짝이며 음악이 나오는 장난감에 마음을 빼앗긴 것 같았다. 아무것도 모르는 아기는 버튼을 누르고 까르르 웃으며, 엄마와 눈을 마주치고 옹알이를 해댔다.

저녁은 먹지도 않은 채 식탁 정리와 설거지를 마친 그는

"아기 오늘 내가 재울게. 좀 편하게 자."라고 그녀에게 다정하게 말했다. 잠시 침묵이 이어지다 그녀가 말했다.

"자주 깰 텐데 괜찮겠어?"

"응, 내가 데리고 잘게. 얼마 전에 토하고 몸 안 좋아 보였는데, 그건 좀 어때?"

"속이 계속 불편해."

"병원 가봐. 그냥 두지 말고… 아니면 내가 내일 반차 쓰고 올게. 같이 갈래?"

"아니. 내가 알아서 할게."

"응….'

아기 옆으로 그가 다가가자, 아기가 아빠의 얼굴을 보고 까르르 웃으며 "아빠빠빠" 하면서 옹알이를 해댔다.

아빠.

이 아이는 내 딸이다.

그동안 장인어른과 장모님 눈치 보는 스트레스로, 사실 아기에게는 뒷전이었다. 굴욕적인 상황들 때문에 망가진 자존심을 술에 기대 잊고만 싶었을 뿐이었다.

그는 자신의 아버지처럼 자상하고 다정하면서도 권위 있는 아버지의 모습을 떠올렸다. 결혼을 하고 아이가 태어났을 때, 그런 모습으로 살고 싶었다. 하지만 좋은 아버지의 삶은 결코 녹록한 것이 아니었다.

그가 딸을 얻고 아빠가 된 날, 큰형이 말했다.

"이야, 드디어 우리 막내도 아빠가 되었네. 동생아, 아빠는 누구든 될 수 있지만, 좋은 아버지가 되는 건 달라. 노력이 많이 필요해. 명심해. 그리고 재수씨 몸조리도 잘 도와야 해. 알았지? 축하한다!"

이미 큰형의 아이들은 초등학생, 중학생이었다. 큰형의 말이 갑작스레 떠오르며, 그는 아기를 어색하게 계속 안고 있었다. 그때 아기가 작은 손으로 그의 어깨를 토닥이며 "아빠빠빠."하며 계속 조잘거렸다. 아기를 안으니 그간 자신의 행적이 부끄럽고 후회되었다.

'지금부터라도 잘하자. 그녀는 나를 용서해 줄 거야.'

49

아기를 남편에게 맡기고 그녀도 샤워를 했다.

얼마만에 평온하게 샤워를 하는 건지 싶어, 평소보다 더 공을 들여 씻고 싶었지만 쌓여 있는 피로에 빠르게 마무리하고 방에 들어와 로션을 대충 얼굴에 펴 바르고 누웠다.

화장대에 놓아둔 보라색 꽃들이 보였다.

'혹시 오늘 작업실 오셨었나요?' 라고 연락해 볼까 잠시 생각하다가 고개를 가로저었다. 만에 하나, 남자가 두고 간 게 아닐 수도 있고, 남편이 아닌 남자와 사적으로 연락하는 것 자체가 뭔지 모르게 꺼림칙했다.

50

이틀 뒤, 금요일이 되었다.

그녀는 오랜만에 화장을 공들여 했다. 옷도 옷장에서 한참을 골랐다. 출산 전엔 가녀린 그녀였지만, 임신 기간에 찐 살이 출산 후에도 완전히 빠지진 않아 예전 같은 여리한 느낌은 없었다. 오히려 글래머러스한 몸이 되어, 붙는 느낌의 스웨터를 입으니 몸의 곡선이 아름답게 보였다.

오전 교습을 마치고 간단히 점심을 먹은 뒤, 그녀는 자신만을 위한 그림을 그렸다.

원형 캔버스에 달의 모습들이 펼쳐졌다.
어떤 달은 하얗고 밝게 빛나고 있었고, 어떤 작품은 달이 어둠 속에 가려져 처연하게 있었다.

달은 그녀에게 순환을 통한 회복의 의미였다.
그리고 희망이었다.

想林月 달의 앞면

51

 금요일에도 이른 퇴근을 한 남자는 작업실에 가기 전 정신과에 다시 방문했다.

 정신과에서 이틀 만에 면담을 잡아 주는 경우는 드물었지만, 남자는 정신과 의사에게 학자로서 호기심을 자극하는 구석이 있었다.

 "안녕하세요."

 "네, 안녕하세요. 지난번에 이야기했던 미술 선생님 이야기를 더 하고 싶어요."

 "네, 말씀하세요."

그는 지난번보다는 덤덤하게 그녀에 대해 말했다. 그녀가 자신에게 안겨 울던 날. 그리고 그녀에게 자신이 고백한 어려움들.

멀뚱히 듣고만 있던 의사가 그녀의 남편이 바람을 피우고 있다는 이야기를 듣더니 잠시 남자의 말을 막았다.

"잠시만요. 그러니까 그 미술 선생님이 결혼을 하셨다는 건가요?"

"네, 아이도 있습니다."

"그럼 지금 그런데도 불구하고 계속 좋아서, 그게 괴로우시다는 거지요?"

"아니요. 그녀를 계속 고통스럽게 하는 남편이 누군지도 모르겠는데, 그 사람에게 화가 나고 그녀를 도울 수 없는 게 괴롭습니다."

깊은 호흡을 하고 남자는 말을 이었다.

"그녀를 제가 데리고 오고 싶어요. 전 그녀만 바라볼 자신이 있거든요. 근데 그 방법을 모르겠어요."

정신과 의사는 애써 아무렇지 않은 척하며 말했다.

"사회에서 굉장히 성공하신 것 같은데, 원하시는 관계는 사회적으로 용인이 안 되는 관계라 지금까지 이루신 것들을 위태롭게 할 수도 있을 텐데, 그 부분은 생각해 보신 적 있을까요?"

"그런가요?"

"네."

"남편분이 알면 곤란해지지 않으시겠어요?"

"먼저 외도한 건 남편 쪽인데, 문제가 될 게 있나요?"

"네. 아무리 미술 선생님 남편 쪽에서 먼저 그러셨더라도, 둘 사이는 법적으로 부부니까, 부인께서 마음을 받아주

셔서 원하시는 관계가 되신다고 하면 사회적으로는 사실 불륜 관계가 되시는 거죠. 그 부분이 미술 선생님께 피해가 될 수도 있을 것 같은데, 그 부분도 생각해보시면 좋겠어요."

"그렇군요. 그녀에게 피해가 가는 일이라면 전 어떤 것도 하지 않을 겁니다."

정신과 의사는 다음 주 수요일에도 면담을 올 수 있냐고 물었다. 남자는 가능하다고 하고 병원을 나왔다.

52

 간단하게 병원 근처에서 밥을 먹었는데도 세 시간 정도나 일찍 집 근처 작업실에 도착했다. 작업실로 일찍 갈까 하다가, 그녀만의 시간을 방해하고 싶지 않아 집으로 갔다.

 수트를 벗고 양치질을 했다. 마무리하지 못한 회사 일들을 처리하고 잠시 쉬는데, 시간이 더디게 흘러가는 느낌이었다. 작업실에 갈 시간은 아직 1시간 정도 남아 있었지만, 남자는 옷장에서 옷을 정성스럽게 골랐다. 매번 정장을 입고 가던 작업실이었다. 뭔가 과하게 꾸민 느낌은 촌스러울 것 같아 후드티에 청바지를 골랐다.

 마흔이 넘었어도 관리를 잘한 남자는 캐주얼한 복장도 잘 어울렸다. 후드티에 오버사이즈 코트를 멋스럽게 걸치고, 간결한 디자인이지만 소재가 고급스러워 명품으로 보이는 스니커즈를 신고 수업보다 30분 일찍 꽃집에 도착했다.
꽃집 아주머니는 미리 준비해둔 꽃다발을 남자에게 건넸다.

"어머, 오늘은 정장을 안 입으셨네요?"

남자는 별말 없이 신용카드를 건넸다.

꽃다발을 들고 작업실로 향했다. 수요일에 자신이 보라색 리시안셔스 다발을 두고 간 걸 그녀는 알까? 꽃은 그녀에게 잘 전달되었을까? 두근거리는 마음으로 화실 문을 노크하고 들어갔다.

"안녕하세요."

"안녕하세요."

이른 수강생의 등장에, 그녀는 잠시 놀라는 것 같았다. 자신의 작업을 하던 중이기도 했고, 그녀 역시 수요일의 꽃 때문에 약간은 설레는 마음으로 금요일 저녁 수업을 기다리던 차였다.

"제가 너무 일찍 왔죠?"

"괜찮아요."

"작업하시고 계셨는데, 제가 방해가…"

"아니에요."

"제 그림 보실래요?"

"네? 어… 제가 봐도 괜찮을까요?"

"그럼요. 당연하죠."

그녀의 이젤 앞으로 다가갔다. 캔버스가 특이하게도 원형이었다.

"원형 캔버스도 있나 보네요."

"네. 원형도 있고 타원 모양도 있어요. 다음에 그림 그리실 때 써보고 싶으시면 제가 주문해 드릴 수 있어요."

"네."

그녀의 캔버스에는 검은 부분과 하얗고 밝은 부분이 대조되고 있었다. 하지만 다시 보니, 검은 부분과 하얀 부분이 서로 춤을 추듯 섞여 있었다.

"달이네요."

"네, 지금 그리는 건 초승달이고, 보름달은 이미 완성했어요."

"멋지네요. 혹시 보름달 작품도 감상할 수 있을까요?"

"물론이죠."

그녀는 작업실 안쪽 방으로 남자를 안내했다.
보름달은 하얀 캔버스에 눈물방울 같은 투명한 물감들이

뭉쳐 흘러내리고 있었다.

"비가 오는 것 같기도 하고, 눈물 같기도 하네요."

"네, 어떤 때는 가장 밝은 때가 가장 슬프기도 한 것 같아요."

그녀가 그림 그릴 때의 감정이 떠올랐는지, 슬픈 표정으로 잠시 변했다.

"저... 근데 혹시 수요일에 작업실 잠깐 오셨나요?"

그녀가 남자에게 물었다. 남자는 크게 숨을 한 번 쉬고는 "네." 라고만 짧게 대답했다. 부끄러움에 그녀의 눈을 볼 수가 없었다.

"이제 작업 준비하면 되지요?"

남자가 어색함에서 빠져나가려는 듯 말하며 뒤돌았다. 그때, 그녀가 남자의 허리를 살짝 잡아 뒤에서 안았다.

"꽃 너무 예뻤어요. 고마워요."

남자는 어쩔 줄 몰랐다. 하지만 지금 이 상황이 몹시 좋았다. 한참을 남자의 등에 그녀가 안겨 있었다.
그때, 지난주 수강생이 작업실 문을 열고 들어오는 소리가 들렸고, 둘은 자연스럽게 떨어져 아무 일도 없었다는 듯 차례로 작업실 한켠에 있는 방에서 빠져나왔다.

수업시간이 어떻게 지나갔는지도 모르게 흘러갔다.
새 수강생이 말이 많고 활발한 사람이어서, 겉보기에는 화실 안에서 특별한 이상을 느낄 수 없었지만 남자의 심장은 어느 때보다도 더 빠르게 뛰는 느낌이었다.
그녀 역시, 그의 등에 안겨 있었을 때의 안정감과 든든했던 느낌이 몸에 그대로 남아 있었다.

수업이 중간쯤 진행되었을 무렵, 그녀가 아무렇지 않게 말했다.

"지난번에 한 시간 정도 못한 거, 보충 언제 하면 좋을까요?"

보충수업.

그녀가 남편이 카페에서 나가는 모습을 목격하고 무너져 내렸던 날. 둘만 있던 그날, 수업을 일찍 마쳤던 것이 기억났다.

"글쎄요. 오늘 남아서 더 해도 괜찮고, 다음 주에 제가 일찍 와도 괜찮습니다."

남자는 짐짓 아무렇지 않은 듯 말했지만, 떨리는 마음은 감추기 어려웠다.

"저도 상관없어요."

"오늘 그러면 좀 남아서 할게요."

"네."

새 수강생은 마칠 시간이 되자 부지런히 준비를 하고 인사를 한 뒤 떠났다.

소중하고 귀한, 둘만의 시간.

하지만 남자는 어떻게 해야 좋을지 판단이 서지 않았다. 여성들의 마음을 얻기 위해 했던 수많은 시도들, 그리고 그 뒤를 따랐던 실패들이 떠올랐다.

그녀도 이미 용기를 내어 그의 등에 안겼던 만큼, 무언가 더 시도할 용기는 남지 않았다. 아무 말 없이 시간이 흘러갔다.

"선생님, 저 이 부분이 잘 안되는 것 같아요. 꽃잎 부분이요."

"제가 도와드릴게요."

그녀가 옆으로 다가왔다.

남자가 의자에서 일어나고, 두 사람은 잠시 이젤 앞에 함께 서 있었다.

서로 다시 안고 싶다는 충동이 스쳤지만, 그녀는 남편과 아기 생각에, 남자는 실패할까 두려운 마음에 어떤 행동도 하지 못한 채 결국 그녀가 먼저 의자에 앉았다.

두 사람 사이에 긴장이 흘렀다.

"꽃잎을 표현할 때는…"

그녀가 살며시 떨리는 목소리로 다정하게 설명하며 붓을 들었다.
그때였다. 작업실 문이 끼이익 소리를 내며 열렸다.

"어? 아직 수업 안 끝났구나. 안녕하세요. 나 밖에서 기다릴게."

그녀의 남편이었다.
끝나는 시간에 맞춰 복도에서 그녀를 기다리다가, 수강생 한 명만 나오고 도통 그녀가 나오지 않자 슬며시 문을 연 것이었다.

작업실 안의 두 사람도, 그녀의 남편도 당황했다.
당혹스러운 건 잠시, 남자는 금새 분노가 치밀었다.

'저놈이구나. 그녀를 아프게 하는 놈이.'

그 역시, 다정하게 그림 앞에 서 있는 그녀와 남자를 보니 기분이 썩 좋지 않았다. 그녀도 마찬가지였다. 그가 아무런 연락도 없이 작업실에 불쑥 나타난 것이 화가 났다.

대학생 때, 늦은 밤 실기실에서 나오면 기다리던 그는 반갑고 설레는 대상이었지만, 지금 문 밖에 서 있는 그는 짜증과 분노를 일으키게 하는 존재로 변해 있었다.

보충 시간이 20여 분 남아 있었지만, 남자가 먼저 말했다.

"오늘은 이제 그만하죠. 기다리는 사람도 있으니."

그녀의 대답도 듣지 않고 붓과 물감을 챙겼다.

"네. 죄송해요. 다음에 계속 해요."

그녀는 날카로워진 남자의 눈빛을 보고, 그가 화가 난 것처럼 느껴져 마음이 쓰였다.

"꽃은 다음 주에 또 새로 가져올게요. 집에 가져가세요. 전 갈게요. 다음 주에 뵐게요."

남자는 코트를 입고 차 키를 챙겨 들고 작업실 문을 나섰다. 밖에는 그녀의 남편이 서 있었다.

뭔지 모를 싸한 공기가 두 남자 사이에 순간 흘렀다. 남자의 날카로운 눈매와, 손에 들린 고급스럽고 번쩍이는 차키가 그의 눈에 띄었다.

남자가 나가자, 그는 작업실로 들어갔다. 멋쩍게 웃으며 그가 말했다.

"오늘 늦게 끝나니까 데리러 왔어."

그녀는 작업실을 정리하고 있었다.

"왜? 왜 데리러 와? 한 번도 그런 적 없었잖아."

"예전에, 대학생 때 내가 매일 데리러 왔었잖아. 오랜만에 그 생각이 나서."

"그랬지. 근데 커피는? 그땐 커피 항상 들고 있었잖아."

"아, 커피. 밤이기도 하고... 차 가지고 왔어."

"왜? 맞은편 카페 가서 사오면 되잖아."

그녀의 비꼬는 말투에 그는 말문이 막혔다. 그녀는 정리를 마치고 코트를 입었다.

"오늘 예쁘게 입었네?"

"왜? 난 예쁘게 하고 다니면 안 돼?"

그녀가 꽃다발을 집어 들었다.

"아... 요즘 집에 가져오는 꽃이, 그 사람이 그리던 꽃이었구나."

그녀는 더 이상 아무 말도 하지 않았다.

주차장으로 내려가 차를 타는 동안에도, 두 사람은 아무런 말이 없었다.

53

그의 등장으로 인해 주차장으로 내려온 남자는 출차 하지 않은 채 운전석에 앉아 있었다.

그녀의 남편이 어떤 사람일지 여러 번 상상했었는데, 막상 실제로 마주치고 나니 기분이 묘했다.

그리고 오늘, 그녀가 먼저 뒤에서 안았을 때의 느낌 때문에 마음이 더 복잡했다. 적당한 가격대의, 약간은 오래되어 보이는 낡은 느낌의 코트를 입은 그녀의 남편. 남자보다 10살은 더 어려 보였다.

주차장에서 시동을 걸고 나가려던 순간, 그녀가 꽃을 안고 그와 함께 오래된 SUV에 올라타는 모습이 보였다.

그녀와 남편도, 남자가 차 안에 있는 모습을 보았다. 누가 봐도 경제적 여유가 넘쳐 보이는 남자의 존재는 그를 순간 위축되게 만들었다. 남자의 차와 자신의 차가 뚜렷하게 비교되었다.

남자의 고급 세단이 먼저 우렁찬 소리를 내며 주차장을 빠져나갔다.
그의 낡은 SUV도 그녀와 꽃과 함께 주차장을 빠져나갔다.

집에 도착할 때까지 그와 그녀는 아무 말도 하지 않았다. 그는 남자의 눈빛이 신경 쓰였지만, 그녀에게 어떤 말도 꺼낼 수 없었다. 그녀는 혼란스럽고 피곤했다.
대충 씻고 자리에 누웠지만, 생각은 나뭇가지들처럼 이리저리 뻗어나가며 멈추지 않았다.

그가 조심스레 침대 옆으로 누웠다. 살며시 뒤에서 그녀를 안으며, 앞으로 잘하겠다고 조용히 속삭였다.

하지만 그녀는 돌아누운 채 아무 말도 하지 않았다.

想林月 달의 앞면

그리고 그 뒤로, 다정함과 미안함이 섞인 남편의 여러 말들에도 대화는 거의 없는 나날들이 부부 사이에 지속되었다.

DEREVO'S IDEA 6.23.22, SEOUL, 2012, PEN ON PAPER, 105 x 59.4 cm

54

　남자는 집에 돌아와 샤워를 했다. 샤워기를 틀고 머리부터 적시기 시작했다. 샤워기에서 떨어지는 물소리가 요란했지만, 복잡한 생각이 이어지는 것을 막을 수는 없었다.

　그녀의 남편.
　아름다운 그녀와 함께 살면서도 다른 여자를 만나는 남성.

　학창 시절에도 늘 그런 놈들이 있었다.
　전교에서 가장 예쁘고 인기 많은 여학생을 사귀면서도, 다른 여학생들에게 여지를 주고 그들의 마음을 흔드는 것을 즐기던 녀석들. 자신이 마치 수컷 세계의 왕인 것처럼, 이리저리 모든 여자들을 건드리고 다니던 그들의 모습이 지금 그녀의 남편과 겹쳐졌다.

결국 샤워를 하던 남자의 머릿속은 과거의 감정들과 그녀의 남편에 대한 생각들로 뒤섞였다.

그리고 남자의 마음엔 증오와 분노가 치밀어 올랐다.

55

 그는 남자를 작업실에서 마주친 이후로 작업실에서 자신의 부인인 그녀와 앞으로도 함께 있을 남자가 너무나 신경이 쓰였다.

 하지만 카페 일로 냉전 중인 그녀에게, 자신이 그 남자를 신경 쓰고 있다는 말을 꺼낼 수는 없었다. 그는 단지 제시간에 퇴근해 집안일을 돕고, 예전과는 달리 적극적으로 육아에 참여하며 눈치만 볼 뿐이었다.

 그래도 아이와 잘 지내기 시작하면서 그녀가 약간은 마음을 연 듯한 느낌이 들었다. 지난 화요일 점심엔 오랜만에 형들을 만나, 자신이 저지른 실수에 대해 이야기 나눌 기회가 있었다.

형들은 마치 자기 일인 것처럼 함께 속상해하며, 다시는 그런 행동은 안 된다며 단호하게 술을 끊으라고 따끔한 충고를 해주었다.

술 때문에, 그리고 스쳐 지나가는 가치 없는 만남들로 인해 젊은 나이에 이혼하게 된 형들 주변 남성들의 이야기는 그에게 충분한 경고가 되었다.

형들은 이제부터라도 아이와 재수 씨에게 잘해야 한다고 당부했다. 그리고 그간 장인어른 때문에 겪었던 속상한 일들은 스스로를 위해서라도 빨리 털어내고, 시간이 걸리더라도 경제적으로 제대로 독립해야 한다고 조언해주었다.

56

 목요일 아침 출근길, 자동차의 시동을 걸려고 하는데 시동이 걸리지 않았다.

 순간, 꽤 오랫동안 자동차 배터리를 교체하지 않았다는 사실이 떠올랐다. 오래된 배터리는 겨울이라 그런지 더욱 빠르게 방전된 듯했다.

 어쩔 수 없이 그는 예전처럼 지하철을 타고 출근해야만 했다. 여자의 카페 앞을 최대한 빠르게 지나 지하철역으로 도망치듯 발걸음을 옮겼다.

 하지만 이미 여자에게 그의 존재감은 희미해진 뒤였다. 여자의 끈적한 친절함에 치근덕대는 유부남들이 몇 명 더 생겼기 때문이다.

그리고 그렇게 또다시 금요일 저녁이 되었다.

57

남자는 그녀와 둘만의 시간이 너무나 간절했다.

아침 6시 30분.
매일 들르던 그녀의 카페에서 그날은 카페라떼와 호밀빵을 주문했다.
여자는 이번에도 크로와상이 아닌 호밀빵을 고른 그의 작은 변화가 신경 쓰였다. 가볍게 말을 건네 보았지만, 특별히 알아낼 수 있는 것은 없었다.

점심시간을 아껴 일 처리를 마친 그는 평소보다 약간 이른 퇴근을 했다.
작업실이 있는 건물에 도착하자마자 꽃집에 들러 꽃을 샀고, 그대로 계단을 올라 그녀의 작업실 문을 열었다.

그녀는 긴장한 얼굴로 남자를 맞이했다.

"안녕하세요."

"안녕하세요."

어색한 인사가 오고 갔다.

"작업하시는데 제가 너무 일찍 왔죠?"

"괜찮아요. 앞으로도 일찍 오셔도 상관없어요."

"지금 그리고 계신 그림, 제가 봐도 될까요?"

"네, 그럼요. 이쪽으로 오세요."

남자가 그녀 곁으로 다가갔다. 그녀는 말없이 옆으로 비켜서며 자신의 작업을 보여주었다.

대형 이젤 위, 둥근 달 하나가 어두운 배경 위에 선명히

떠 있었다.

 흑과 백으로 이루어진 그녀의 그림은 왠지 모르게 슬퍼 보였다. 하지만 달 안에 담긴 나뭇가지들은 강하고 단단해 보였다.

 "뭔가 달 속으로 빨려 들어갈 것 같아요."

 "그런 느낌이 드시나요?"

 "네, 선생님처럼 멋지게 그릴 수 있으면 좋겠네요."

 그녀가 살며시 미소를 보였다.

 "남편 분은 무슨 일 하세요?"

 "네?"

 갑작스러운 남편에 관한 질문 때문에 그녀는 어쩔 줄 몰랐다.

"아, 제 남편은 그냥 회사원이에요."

"그렇군요. 제가 무슨 일 하는지 말씀 안 드린 것 같은데, 전 회계사입니다. 지금 법인에 있고, 최연소 임원이었어요. 저는 대학 수석으로 입학하고 졸업 전에 공인회계사 시험도 수석으로 합격했어요."

뭔가 으스대듯 남자는 자신의 직업을 강조해 이야기했다. 나름대로는 남편에 비해 자신의 능력을 보여주어 그녀의 마음을 얻어 보고자 한 말이었지만, 그녀는 남자가 맥락없이 자랑을 늘어놓는 것 같아 다소 당혹스러웠다.

"네… 저 혹시 차 한 잔 마실래요?"

"네? 아, 아닙니다. 전 먼저 그림 그릴 준비를 할게요."

남자는 그녀와 차를 마시고 싶었지만, 부끄러운 마음에 자신도 모르게 거절하고 말았다.

그날 수업은 별다른 일 없이 끝이 났다. 그 다음 주 금요일도, 또 그 다음 주 금요일도, 여러 명의 직장인 수강생들이 갑작스레 늘어난 탓에 그녀는 바빴고, 남자는 그저 같은 공간에 그녀와 함께 있다는 사실만으로 만족해야 했다.

그렇게 모든 나뭇잎들이 추위에 떨어져 나가고 흰 눈에 나뭇가지들이 숨어 있던 겨울이 지나, 봄이 되어가고 있었다.

想林月 달의 앞면

58

남자는 그 겨울 동안 집에서 많은 그림들을 완성해 나가고 있었다. 그리고 그녀의 작업실에서도 매주 꽃을 그리는 데 몰두했다. 햇빛은 모든 것들을 밝게 비추었지만, 자세히 들여다보면 꽃가루와 송화 가루, 미세먼지들이 여기저기 날리는 나날들이 이어졌다.

남자는 매주 수요일마다 정신과에 가서 면담을 받았다.

그는 자신이 살아오며 느꼈던 감정들의 뿌리를 찾고자 유년 시절, 가정환경, 그동안의 연애 경험, 누나들과의 관계 등 다양한 이야기를 여의사에게 털어놓으며 자신을 이해해 나가기 시작했다.
여러 여성들에게 거부당했던 기억을 이야기할 때는 분노

를, 누나들과의 갈등을 말할 때는 미안함과 억울함을, 그리고 부모님에 대해서는 자신에게 주어졌던 큰 기대와 그로 인한 압박감을 떠올렸다.

그렇게 남자는 자신의 숲을 열고, 조금씩 타인에게 내어 줄 준비를 해 나가고 있었다.

59

 그와 그녀는 커나가는 아이를 보며 조금씩 그들의 숲의 평화를 다시 찾아 갔다.

 주중에는 회사 일이 끝나면 그는 곧장 SUV를 타고 집으로 돌아와 아이에게 밥을 먹이고 씻기며 함께 시간을 보냈다. 덕분에 그녀는 조금씩 건강을 회복해 갔고, 낮 시간 동안 작업에 더욱 집중할 수 있게 되었다. 작업실에는 작품들이 하나둘 쌓여가기 시작했다.

 하지만 금요일 밤, 직장인 수강생인 그 남자와의 관계 때문에 이따금 마음이 복잡해지기도 했다. 서로를 안았던 그날 이후, 이미 몇 달이 흘렀지만 그녀도 남자도 그 이야기를 다시 꺼내지 않았다. 수강생이 화장실에 간 틈이나, 남자가 다른 수강생보다 일찍 도착해 둘만 마주한 짧은 순간들이 있었지만, 그 사이엔 말 없는 긴장감만이 흘렀다.

그러고도 남자는 여전히 금요일 밤마다 작업실을 찾았고, 두 사람의 대화는 그림에 관한 것뿐이었다.

남자가 그림을 그리다 막히는 부분이 생기면 그녀는 언제나 기꺼이 다가와 도와주고, 친절히 설명하며 시범을 보였다.

남자는 여전히 그녀를 원하고 있었다.

그리고 그녀는, 그런 남자의 마음을 알고 있었지만 어떤 말도, 어떤 행동도, 할 수 없었다.

60

금요일 밤, 남자는 이제는 약간은 습관적으로 꽃집을 찾아갔다.

남자의 아침은 매일 여자의 카페에 들러 빵과 커피를 사는 것으로 시작됐다. 그리고 마치 의식처럼, 금요일이 되면 퇴근 후 꽃집에 들러 꽃을 사고 그녀의 작업실로 향했다.

그날 밤은 남자 외에는 아무도 오지 않았다.

다시 둘만의 시간. 남자는 기쁘면서도 긴장이 됐다. 그녀 역시 그의 긴장감을 느꼈는지, 작업실에는 묘한 정적이 흘렀다.

"오늘은 아무도 안 오시나 봐요."

"네, 오늘 다른 분들이 사정이 있어서 못 오신다고 연락 받았어요."

"그렇군요… 선생님은, 뭘 좋아하세요? 저는 차를 좋아해요. 지금 제 차가 마력이 580인데요…"

말을 잇던 남자가 순간 멈췄다. 상대가 관심 있는지 없는지 확인도 안 한 채 너무 많은 정보를 흘리는 건 좋지 않다고 대화 기술 책에서 본 조언이 머릿속에 스쳤다. 말을 멈추라는 경고음이 강하게 울렸다.

"아… 죄송해요. 제가 말을 좀 시작하면 장황하게 해버리는 습관이 있어서요."

그녀는 그런 그의 모습이 약간 가엾기도 하고, 한편으로는 귀엽게 느껴졌다.

"저도 차 좋아해요."

그녀의 대답에 남자는 얼굴에 화색이 돌았다. 그동안 타온 차를 줄줄이 열거하려던 순간, 다시 정신을 차렸다.

"아, 제가 또… 선생님은 어떤 차 좋아하세요?"

"아, 저는 그 차가 아니라, 마시는 차요."

그녀가 미소 지으며 재밌다는 듯 가볍게 웃었다. 남자는 또 혼자 들떠 있었던 것이 부끄러웠지만, 그녀의 웃음에 안도했다.
이번엔 그녀가 먼저 말을 꺼냈다.

"그리고 저는 프랑스도 좋아해요. 파리요. 예전에 잠깐 유학도 했었고… 근데 제가 원하던 만큼 끝까지 공부를 마치지 못해서 더 그리운가 봐요. 파리를 생각하면… 뭐랄까, 이루지 못한 사랑? 그런 느낌이에요. 좀 감상적이죠?" 그녀가 조심스럽게 미소를 지으며 말했다.

남자도 대학 시절 유럽 여행을 떠났던 기억이 났다. 그 시절 유럽 배낭여행은 마치 모든 대학생이 거쳐야 할 의식처럼 유행했고, 남자 또한 남들에게 뒤처지기 싫어 한 달간 여행을 다녀왔다. 출발 6개월 전부터 도서관에서 여행 책자를 모조리 읽고, 시간 단위로 일정을 계획해 짜 넣은 여행. 낭만보다는 피로가 더 짙게 남아 있었다.

지저분한 지하철, 사람으로 북적였던 박물관… 그런 기억이 파리를 떠올리게 했다. 그가 잠시 생각에 잠겨 있는 동안, 그녀가 다시 말했다.

"언젠가 다시 파리에 가서 작업을 하고 싶어요. 근데 아마 이루지 못할 거예요. 지금 여기서도 겨우겨우 제 작업 이어가고 있는걸요."

좌절과 체념이 섞인 목소리였다.

남자는 그녀의 눈을 바라보았다.

그 순간, 남자의 숲속 나무들은 커다란 바람을 타고 휘날리기 시작했다.

想林月 달의 앞면

61

수요일, 남자가 정신과 전문의와 상담을 하는 날이었다.

"안녕하세요."

"안녕하세요."

짧은 인사가 오간 뒤, 남자는 여의사에게 한 주 동안 있었던 일들과 자신의 과거 이야기를 뒤죽박죽 섞어 털어놓기 시작했다.

그리고 마지막은 늘 그녀에 대한 이야기로 마무리되었다. 그녀와 나눈 짧은 대화들, 그녀의 표정, 그녀가 웃던 순간.

"지난주에는 선생님과 많은 대화를 나눴어요. 제가 차를 정말 좋아하는데, 선생님도 차를 좋아하신다고 하셨어요."

그녀의 이야기가 나오자 남자의 눈에 생기가 돌았다. 입가에는 미묘한 미소까지 걸렸다.

"저는 이제 결정했어요."

무엇을 결정했는지는 말하지 않았지만, 그 표정엔 어떤 단단한 결심이 서려 있었다. 그 결의에 찬 눈빛을 바라보며, 여의사는 자신의 환자가 염려스러웠다.

62

그리고 그 다음 주 금요일에는 남자가 그녀의 작업실에 수강을 하기 시작한 이후 처음으로 결석을 했다.

남자가 결석한 금요일 밤.

그녀는 남자가 그리웠다. 그리고 문득, 다음 주에도 오지 않으면 어쩌나 하는 불안한 생각이 스쳤다. 그 예상은 현실이 되었다. 그 다음 주에도, 남자는 그녀의 작업실에 나타나지 않았다.

남자가 결석한 지 한 달이 지난 수요일.

정신과 여의사와의 면담은 이번엔 남자의 주도로 아주 짧게 끝났다.

63

그리고 일주일 뒤 작업실 아래층 꽃집.

그녀의 미술 수업에 아무 말 없이 결석했던 4번의 금요일. 사실 남자는 그때마다 어김없이 꽃집에 들러 꽃을 샀고, 그 꽃을 집으로 가져갔다.

그리고는 수요일. 남자는 갑자기 예전처럼 꽃집에 나타나 말했다.

"리시안셔스요. 여기 있는 거 전부 하나로 묶어주세요. 다발로요."

꽃집 아주머니는 얼떨떨하면서도 내심 반가웠다. 간만에 큰 손님이니 수익도 괜찮겠지 싶었다. 하지만 장사로 인한 기대는 오래가지 않았다. 꽃을 받아든 남자가 말했다.

"이번 주 금요일부터는 꽃, 따로 준비해두지 마세요."

기대하던 고정 손님의 갑작스러운 이별 통보에 당황한 꽃집 아주머니는 묻지 않을 수 없었다.

"왜요? 사모님이랑 무슨 일 있으셨어요?"

남자는 입을 굳게 다문 채 아무 말도 하지 않았다.
그저 꽃값을 계산하고, 묵묵히 꽃다발을 들고 돌아섰다.

64

한 시간쯤 뒤.

그녀의 작업실 앞에는 포장된 그림 한 점과 커다란 보라색 리시안셔스 꽃다발이 놓여 있었다. 그녀는 누가 두고 갔는지 바로 알아차렸다. 그리고 그림과 꽃다발을 들고 작업실로 들어와 그림 포장부터 뜯었다.

보라색 꽃들에 둘러싸여 있는 하얀 피부의 여자 초상화.
두터운 물감 터치들이 남자의 그림임을, 여자의 얼굴이 자신과 너무나 닮았기에 그림을 두고 간 사람이 누구인지는 의심할 여지가 없었다.

그녀는 그림을 보며 감정이 한 덩어리가 마음 안 깊숙한 곳에 처박히는 느낌을 받았다. 어찌할 바를 모르던 그녀는 그림 뒤의 하얀색 봉투를 찾아냈다.

> 0월 0일 0시 프랑스 파리행 비행기.
> 저는 이미 예매해 두었어요. 혹시 저와 함께하시길 바란다면
> 오늘 저녁 저에게 작업실 방문을 허락하신다는 문자 주세요.
> 선생님의 꿈을 위해 함께 떠날 수 있는 방법을 이야기하고
> 싶어요.

갑작스러운 고백에 당황스러운, 편지를 들고 있는 여자의 손이 살며시 떨렸다.

문자를 보낸다면 지금의 삶과는 전혀 다른 삶을 살게 될 것 같았다.
그녀가 혼란스러운 감정에 휩싸여 어쩔 줄을 모르는데 그 순간, 핸드폰의 진동이 그녀의 마음이, 그녀의 숲이 바람에 흔들려 요동치듯 작업실 테이블에서 흔들리며 요란한 소리를 냈다.

약간의 현기증을 느끼며 그녀는 핸드폰으로 걸어갔다.

십 년도 넘게 한결같은, 너무나 익숙한 번호.

한 손에는 남자의 편지를 여전히 들고, 그녀는 나머지 손으로 자신의 핸드폰을 들었다.

想林月 달의 앞면

Épilogue

파리의 한 아틀리에.

곧 파리의 한 대형 갤러리에서 열릴 개인전을 앞두고 작품 포장과 운송을 전문으로 하는 직원들이 미술작가의 작업실 안에서 분주히 움직이고 있었다.

유창한 영어와 다소 어색한 프랑스어 발음을 섞어가며, 작가는 갤러리 직원들에게 작품별 운송 시 유의사항을 일일이 설명하고 필요한 부분은 직접 챙겼다.

작업실 안에 세워진 커다란 원형 캔버스들과 사각형의 대작들은, 직원들의 일사분란하고 섬세한 손길에 따라 하나씩 정성껏 포장되어 미술품 운송 전용 차량에 실려 나갔다.

한순간 폭풍처럼 몰아친 포장 작업이 모두 끝나자, 작가는 수많은 작품이 떠나버린 텅 빈 작업실 한켠의 청록색 1인용 소파에 조용히 앉았다.

그리고 며칠 뒤, 파리에서 열린 한국인 작가의 개인전은 전례 없는 성공을 거두었고, 그 소식은 한국 미술계에도 빠르게 전해졌다.

想林月 달의 앞면

[문화·예술] '천재 회계사'에서 '화가'로, 아름다운 꽃과 여인의 초상으로 파리를 사로잡은 OOO 작가

전직 공인회계사 출신인 한국 작가 OOO(47)씨가 프랑스 파리에서 첫 개인전을 성공적으로 마쳤습니다.

서울의 명문대에 수석으로 입학하고 졸업과 동시에 공인회계사 시험에 수석으로 합격하는 등 탄탄한 엘리트 코스를 걸어온 그는 OO회계법인 최연소 임원까지 역임했습니다. 그러나 4년 전, 성인 미술학원 수업을 계기로 삶의 방향을 바꾸게 됩니다.
20XX년, 돌연 회사를 그만두고 파리로 떠난 그는 어학원 수업과 함께 본격적으로 작품 활동을 시작했습니다. 파리 0구의 한 아틀리에에서 작업하던 중, 그의 그림 한 점이 매입되어 카페에 걸렸고, 이를 우연히 갤러리 대표의 부인이 보게 되면서 OOO작가의 개인전이 성사되었습니다.

이번 개인전에는 아름다운 꽃과 여인의 초상을 담은 회화 20점과 드로잉 9점이 출품되었으며, 개막 첫 주에만

수백 명의 관람객이 다녀가는 등 파리 시민들의 큰 관심을 받았습니다. 현지 평론가들은 "우아한 인물 표현과 과감한 붓 터치가 돋보이며, 작가만의 몽환적이고 독특한 화풍이 인상적이다"라고 극찬했습니다.

OOO 작가는 "그림을 그리는 과정을 통해 비로소 세상과 사람을 애정으로 바라보게 되었다"고 말하며, 예술에 대한 깊은 철학을 드러냈습니다.

想林月 달의 앞면

想林月

사색하는 숲에 뜬 달

[사색할 상, 수풀 림, 달 월]

- 달의 뒷면 -

사색하는 숲에 버려진 빵부스러기, Seoul, 2025, Pen on paper, 21 x 29.7 ㎝

사색하는 숲에 뜬 첫 번째 달 이야기

1.
여기,
울창하다 못해 앞이 보이지 않는 어느 숲.
깊은 곳에서 마치 상처를 입힐 수도 있을 것 같은 날카로운 바람을 맞으며 혼자 울고 있는 그녀가 있다.
벌거벗은 채로 비를 맞아 몸은 몹시 차고, 눈빛은 슬픈. 하지만 양손엔 반짝이는 보석을 두르고 있는.
무슨 일을 겪었는지 도통 짐작이 가지 않는 위태로운 자세로 비틀거리며 서 있는 그녀는 한 발자국만 잘못 디디면 다른 세상으로 떨어져버릴 것만 같다.

어떠한 인기척도 없던 고요한 숲에 어느 날 갑자기 담요와 푹신한 빵이 가득 담긴 바구니를 든 남자가 나타났다. 남자는 그녀의 모습을 한참 동안 바라보다가 자신의 바구니에서 빵 부스러기를 조금씩, 아주 조금씩 꺼내 주며 그녀가 자신이 주는 빵 부스러기를 먹는 모습을 신중하게 관찰하기 시작했다.

그러다 무슨 생각이었는지, 그는 자신이 가진 빵 중 가장 고소하고 부드러운 빵의 한 귀퉁이를 잘라 그녀에게 주었고, 한참을 굶주린, 아니 태어나서 그런 달콤한 빵을 처음 먹어본 그녀는 그가 건넨 빵조각을 허겁지겁 먹어치워 버렸다.

"또 주세요. 또. 더. 더 많이요."

간절하다 못해 처연한 그녀의 눈빛에 그는 당황하고 놀란 나머지, 바구니를 감춘 채 말했다.

"이게 전부야. 너에게 줄 수 있는 건. 더 이상 요구하지 마. 더는 없어."

그리고 그는 그녀를 둔 채 숲을 빠져나갔다.

담요와 빵이 가득 든 바구니를 들고서.

한참 동안 그가 준 빵의 향과 맛을 생각하고 또 곱씹으며, 그녀는 그 자리에서 맴돌았다.
왜 아무 상관도 없는 자신에게 다가와 빵을 주고 그렇게 떠나가 버린 걸까.
이유를 찾으려 했으나, 그녀는 알 수 없었다.
혹여 다시 돌아와 예전처럼 빵 부스러기라도 주지 않을까, 함께 숲을 나가자고 하진 않을까 하는 헛된 상상들과 가능성 없는 희망은 매일 밤의 눈물로 변했고, 그녀의 눈물을 머금고 더 크고 아름답게 자라난 나무들 덕에 숲은 잠깐 사이에 더 많이 울창해져버렸다.

그렇게 그녀는 울창한 나무들 사이에서 울상을 한 채 길을 완전히 잃고, 생각의 숲에 갇혀버렸다.

이제는 그 누구도 그녀를 구원할 수 없을 것이다. 어떤 누구도.

2.

여기, 그녀의 숲.

모든 것이 메말라 버려, 어떤 생명도 자라지 못하는 곳이 있다.

그녀는 이제 다짐했다.

누군가에게 구원을 바라지 않겠다고.

평생을 그래왔던 것처럼 그녀 혼자 스스로를 일으켜 세워 이 숲을 나가겠다고.

그녀는 모든 것이 메마른 그곳에서 다시 시작하기로 했다.

그녀는 그녀의 방식대로 이 숲을 떠날 것이다.

3.

그녀의 주위에 온갖 종류의 빵들이 놓여 있다.

보기에는 먹음직스럽고 화려해 보이지만, 사실은 진열대에 놓기 위해 만들어진 플라스틱 빵들.

향도 없고, 먹을 수도 없다. 단지 소유할 수만 있을 뿐.

그녀는 이곳을 '모든 것이 풍족한 지옥'이라고 불렀다.

4.

그녀는 매주 금요일 의사를 만났다.

어떤 날은 30분, 어떤 날은 40분.

일방적으로 이어지는 그녀의 이야기를 의사는 듣기만 할 뿐이었다

의사는 이것을 치료라고 했다.

5.

의사가 말한 치료는 효과가 없었다.

마음속 병은 더 깊어졌고, 약이 필요할 뿐이었다.

6.

그녀는 생각이 멈추기를 바랐지만, 뿌리가 깊게 박혀 움직이지 못하는 나무처럼 그녀의 생각은 여기저기로 뻗어나갈 뿐이었다. 아이스크림 가게에서 커다란 스푼으로 아이스크림을 푸듯, 생각의 한 부분을 푹 퍼서 다른 곳으로 옮길 수만 있다면…

7.

왜, 어째서 당신은 내 숲으로 다시 오지 않는 거지?

내가 원하는 건 당신 한 사람일 뿐인데.

이럴 거면 차라리 모른 척하지.

완벽한 타인으로 남아버리지.

숲속 깊은 곳, 그녀의 원망 섞인 울부짖음이 하늘 높은 곳에 떠 있는 달까지 도달했다.

8.

아주 작은 빵 한 조각 때문에 그녀의 모든 것들이 엉망으로 엉켜버렸다. (그전에도 그녀의 삶은 엉망이었지만)

엉켜버린 그녀의 모든 것들은 메말라 갈라지고 깨진 흔적들을 품고 있었다. 하지만 동시에 뻗어나가는 생명의 힘을 가진 무언가도 있었다.

9.

모든 것이 잠든 밤.

그녀는 생각한다.

파열되어버린 그녀의 마음이, 엉킨 것들 속에서 질서를 잡아나가기 시작했다.

그것은 하나의 길이었다.

10.

그녀는 마침내 생각의 숲에서 벗어났다.

숲을 벗어난 건 의사의 치료도, 그의 빵 부스러기 때문도 아니었다.

그냥, 단지 운이 좋았을 뿐.

11.
그냥, 그랬을 뿐이었다.

사색하는 숲에 뜬 두 번째 달 이야기

　소년은 아주 어릴 때부터, 언제부터인지는 모르지만 달을 사랑했다.

　밤마다 모양이 달라져 있는 달을 보며 소년은 달이 살아 있다고 생각했다.

　소년은 그런 달에게 힘들 때마다 자신의 이야기를 하고 소원을 빌었다.

　어둠을 뚫고 나오는 듯한 달빛이 소년을 매료시켰다.

　소년의 하루는 대부분 고되었다.

　어떤 아이들은 부모가 주는 사랑과 보호를 통해 성장했지만, 소년은 그저 자신의 눈물로만 하루하루 성장해 나가야 했다.

　소년은 그렇게 스스로 홀로 남자가 되어 갔다.

　소년이 남자가 되어가는 동안, 달은 어김없이 어둠 속으로 숨었다가 다시금 나타나곤 했다.

남자가 된 소년에게 어느 순간 빛나는 달이 다가왔다.

남자는 어린 시절처럼 달과 매일 대화를 했다.

달은 따스했다.

남자를 비추었고, 남자는 달빛을 느꼈다.

어릴 때 느끼던 달과는 달랐다. 남자는 설레었고, 행복했다. 하지만 달을 사랑하면 할수록 언젠가는 달이 어둠 속으로 숨어버릴 거란 생각에 잠을 이루지 못했다.

보름이 되기 전날 밤, 달은 남자에게 속삭였다.

매일 나만 바라봐줘. 나는 네가 필요해.

내가 빛을 내거나 어둠 안에 있거나 상관없이 나만 바라봐 준다면, 넌 나와 오래오래 함께할 수 있을 거야.

남자는 달빛이 차오르는 만큼 마음이 벅차올랐다.

난 항상 너만 바라볼 수 있어.

남자는 달에게 맹세했다.

드디어 다음 날, 보름이 되었다.

남자와 달은 서로를 향한 마음에 모든 세상이 아름답게 느껴졌다. 습습한 강바람에 나무가 흔들렸다. 그들만의, 서로를 위한 마음과 위로들이 오고 가는 소중한 밤이었다.

하지만 달은 다시 기울어졌다. 어쩔 수 없이 조금씩, 조금씩 빛을 걷어냈다.

 어둠을 통해 해나가야만 하는 일이 있었기 때문이었다.

 남자는 달이 어둠 속으로 조금씩 사라질 때마다 불안했고, 절망했고, 무너졌다. 남아 있는 빛들은 남자의 마음에는 더 이상 보이지 않았다. 감정이 깊어질수록 달의 어둠도 깊게만 느껴졌다.

 더 이상 달은 남자에게 희망도, 기쁨도, 설렘도 아니었다. 그저 어둠을 쫓고 쫓아 소년이었던 시절로, 혼자였던 시절의 고됨을 상기시키는 고통스러운 존재일 뿐이었다.

 그렇게 남자는 달에게 분노했다. 달을 대신할 수 있는 존재를 찾기 위해 방황했다.

 달은 자신만을 바라보겠다고 약속했던 남자가 방황하는 모습을 지켜보며 실망했다.

 남자는 잘 알고 있었다.

 처음부터 달은 소유할 수 없었음을.

 달은 그 어떤 누구에게도 속하지 않았음을.

 달은 그저 바라보고 동경해야만 하는 존재라는 걸.

 하지만 달과 가까워질수록, 소유하고 싶다는 마음도 간절해지면서 이룰 수 없는 마음에 어둠 속으로 떠나버린 달을 증오하기로 했다.

그때쯤 달은 이제 빛이 거의 남지 않았다. 완전한 삭의 시간이 달을 기다리고 있었다.

달이 어둠으로 사라지고 나서야 남자는 비로소 깨달았다.

달은 한 번도 남자를 떠난 적이 없었다는 것을.

자신이 증오하고 있는 건 달이 아니라 자기 자신이라는 걸.

다시 달은 빛을 낼 준비를 고요하게 하고 있었다.

사색하는 숲에 뜬 세 번째 달 이야기

1.
고요한 숲.
숲속 한가운데, 달에 닿을 듯 높고 뾰족한 성이 있다. 그 성엔 그녀가 그와 함께 살고 있다.

2.
도드라지게 패인 주름이 얼굴 여기저기에 자리 잡고 있는 그의 표정이 흉측하게 일그러졌다.

3.
신경을 긁는 날카로운 목소리로 그가 그녀에게 소리쳤다.
"아무것도 하지 마. 제발, 아무것도 하지 말라고. 넌 그대로 가만히 있어. 아무것도 하지 마."

4.

남자의 외침에도 그녀의 조그마한 손이 분주하게 움직였다.

그의 눈을 피해서.

5.

그의 분노의 목소리가 그녀의 작은 체구를 덮쳤다.

"가만히! 가만히 있으라고 했지!"

6.

그는 그저, 그녀가 자신이 사준 값비싼 장신구를 두르고 좋은 소재로 만들어진 옷을 입은 채, 성 안에서 조용히 지내기를 원했다.

"다른 여자들은 모두 이렇게 살기를 원해.
 너는 감사할 줄 몰라.
 이 모든 건 다 너의 잘못이야."

7.

그녀가 백화점의 마네킹 마냥 숨소리조차 내지 않고 앉

아 있는데도 그의 비난의 목소리는 멈추지 않았다.

오히려 목소리는 커지고 행동은 거칠어져 갔다.

8.

자신의 분을 이기지 못한 그는 손에 잡히는 대로 성 안의 물건들을 집어 던지기 시작했다.

날카로운 접시가 벽에 부딪치며 산산조각이 나버렸다.

그녀의 몸을 지탱해 주던 의자는 더 이상 제 기능을 할 수 없는 상태가 되었다.

그가 벽난로 위에 있던 커다란 유리 장식품을 벽에 던졌을 때, 이상하게도 장식품의 파편들이 그의 얼굴을 집어삼켰다.

9.

그의 주름들 사이사이에 유리의 날카로운 파편들이 깊숙하게 박혀 버렸다.

그는 눈을 뜰 수도, 숨을 쉴 수도 없었다.

10.

그녀의 아버지가 죽던 날.

숲속의 달은 유난히 더 밝았다.

11.
그리고 성은 여전히 달에 닿을 것처럼 보였다.

사색하는 숲에 뜬 네 번째 달 이야기

1.
칠흙같이 어두운 밤.
달도, 별도 뜨지 않은 날이다.

2.
무심한 바람 한 점에도 당장 무너질 듯한 판잣집을 기어나와 검은 하늘을 바라보는 그녀가 있다.

높은 곳으로 올라가고 싶어.
더 높은 곳에 있는 것들, 그것들을 가지고 싶어.

어릴 때부터 그녀는 소유하는 것의 즐거움을 잘 알았다.

특히 남의 것을 빼앗아 자신의 것으로 만든 그 순간, 그 찰나의 희열은 그녀 삶 속에서 가장 중요한 감정이었다.

3.
무너질 듯한 그녀의 판잣집에는 온갖 진귀한 물건들이 쌓여 있었다.

소유하는 그 순간의 환희는, 불행히도 오래 지속되지 못했다. 결국 그 감정을 지속시키기 위해 그녀는 눈에 보이는 모든 것들을 닥치는 대로 사들이고, 빼앗고, 저장하며 살았다.

4.
달도 별도 뜨지 않던 기이하고 어두운 그날 밤.
그녀는 무언가를 결심한 듯한 표정을 짓고 밖으로 나갔다.

5.
올라가자.
더 높이.
저곳에는 내가 지금까지 갖지 못했던 것들이 분명히 있을 거야.

6.

그녀는 하늘 높은 곳 어딘가에 자신이 원하는 무언가가 있을 거라 확신했다.

(그녀는 인식할 수 있는 모든 것을 원했기에 그녀의 확신에는 근거가 충분했다.)

7.

그녀는 자신이 가진 물건들을 모두 숲으로 끌고 나와 계단처럼 차곡차곡 쌓기 시작했다.

8.

물건들을 타고 하늘로 오르고 또 기어오르다 그녀는 커다란 나무에 팔을 옮겨 감쌌다.

단단하고 묵직한 나무.

크고 아름답지만 차갑고 거친 나무였다.

움직일 때마다 뽀얗고 부드러운 그녀의 다리가 나무 기둥 표면에 쓸려 나갔다.

9.

살이 긁혀 살점이 떨어져 나가는 아픔에도 그녀는 계속

해서 오르고 또 올랐다.

10.
마침내 나무의 가장 높은 곳에 도달했을 때
그녀는 깨달았다. 너무 높은 곳에 있다는 걸.
그리고 밑을 내려다보았다.
까마득히 먼 아래, 그녀가 소유했던 모든 물건들이 숲 바닥에 널브러져 있었다.

11.
그것들을 갖기 위해, 얼마나 많은 것들을 내어놓았는지를 비로소 물건들과 멀리 떨어진 채, 높은 곳에서 그녀는 생각해냈다.

12.
그랬다. 모든 소유에는 값을 치러야 했다.
그녀는 모든 것이 어두운 이 밤, 대가를 치르게 될 것이다.

13.
구름 속 희미한 달빛이 아주 조금씩 드러났다.

사색하는 숲에 뜬 다섯 번째 달 이야기

1.

그녀가 사는 숲은 아주 견고하게 짜여 있어 어떠한 틈도 발견할 수 없었다.

작은 틈새를 발견하여 손가락을 넣어보려 하면 바로 막혀버리는 기이한 공간이었다.

2.

처음엔, 그러니까

그녀가 어렸을 때 그녀가 사는 숲엔 따뜻한 공기가 자유로이 지나갈 수 있는 통로가 여기저기에 있었다.

새들이, 나비들이, 벌들이

어린 그녀의 숲에 자유로이 드나들었다.

3.
그녀가 처음으로 이불에 새빨간 피를 흘린 밤.
아름답고 평화로운 시간은, 월경이 시작된 그 밤까지뿐이었다.

그녀가 소녀에서 여성이 되자, 그녀의 어머니는 그녀의 모든 것을 통제하려 했다.

4.
그녀가 소녀일 때, 그녀의 엄마는 그녀에게 아무 관심도 없는 듯 보였다.
그저 매일 밥을 주고 생존에 필요한 몇 가지 이야기만 아주 드문드문 들려주었을 뿐이었다.

그래서 그녀는 살아가기 위해 필요한 많은 것들을 그녀 스스로 터득했어야만 했다.

사람과 사람이 관계를 맺기 위해 필요한 사회적 기술들을 전혀 배우지 못한 그녀는 깨어지고 상처받으며 관계 맺기를 배워나갔다.

수많은 사람들이 모든 것에서 서툰 그녀를 이용하고, 조롱하고, 떠나갔지만 그녀는 포기하지 않았다.

어떤 누군가와는 진실된 관계를 맺고, 마음속 깊이 서로가 서로에게 의지할 수 있기를 고대했고, 매번 실패했지만 그래도 그녀는 희망을 버리지 않았다.

5.
마침내 그녀가 진실된 사랑을 찾았을 때,
그녀는 그녀의 숲 한가운데로 그를 초대했다.

6.
그녀의 행복한 미소를 보고, 그녀의 어머니는 몹시 못마땅한 표정으로 말했다.

그는 키가 너무 작다고,
그는 가진 게 너무 없다고,
그는 출신이 너무 미천하다고,
그는 배운 게 너무 적다고.

그녀의 어머니는 그의 모든 부분에서 흠을 찾아냈다.

내 딸인 너는 완벽해. 하지만 그는 결함이 있어.

결함이 있어. 그것도 아주 많이.

7.

모친의 말은 처음엔 그녀의 마음에 반발심을 안겨주었다. 하지만 숲의 나무가 조금씩 자라듯, 그녀의 마음속에서도 그에 대한 부정적인 인식이 자라나기 시작했고, 결국엔 그녀의 마음을 지배해 나갔다.

그의 상냥한 말투는 우유부단한 듯 느껴졌다.

그의 배려는 부족함을 감추기 위한 것처럼 느껴졌다.

그가 베푸는 모든 것들이 당연하게 느껴질 때쯤,

그녀는 그에게 이별을 고했고, 그는 어떠한 망설임도 없이 그녀의 숲을 떠났다.

8.

그가 떠나자 그녀의 어머니는 만족스러워했고 안심했다.

나의 딸은 완벽해.

그 아이에게 맞는 완벽함을 갖춘 남자만이 이 숲에 들

어올 수 있어.

9.
그녀의 숲은 점점 더 견고해져 갔다.

10.
칠흑같이 어둡고 검은 밤,
바람을 휘감기는 달빛도 더 이상 그녀의 숲을 밝힐 수는 없었다.

11.
더 이상 아름다운 새들의 노는 소리도, 나비의 날갯짓도 존재하지 않는 그녀의 숲에는 그저 모친의 중얼거리는 목소리만이 들릴 뿐이었다.

나의 딸은 완벽해.
나의 딸은 완벽해.
나의 딸은 완벽해.

사색하는 숲에 뜬 여섯 번째 달 이야기

그녀의 숲은 항상 바빴다.
모든 것들이 항상 숨 가쁘게 돌아갔다.

나무들이 빠르게 자랐고, 길들이 여기저기 제멋대로의 방향으로 생겨났다.

지칠 법도 한데
그렇지 않았다.
다음 날도, 또 그다음 날도 계속 나무들은 자라고 길은 여기저기로 났다.

숲의
규모는 점점 더 커졌다.

숲이 커지면 커질수록 그녀를 시기하는 사람들이 늘어갔다. 하지만 상관없었다. 계속해서 그녀의 숲은 자라고 또 자랄 뿐이었다.

그녀의 숲 밖에서 그녀를 질투하는 사람들의 중얼거리는 목소리가 희미하게 들려오기 시작했다.

그녀는 자신만 아는 아주 이기적인 여자야.
남에 대한 배려라고는 전혀 없는 사람이지.
그 여자에겐 온정이라는 게 전혀 느껴지지 않아.

사실 그녀는 때가 되면 그녀의 숲에서 나는 열매들을 이웃들과 나누기도 하고, 갈 곳이 없는 이웃들을 자신의 숲 한 켠에 초대해 쉴 수 있게 자리를 내어주기도 했었다.

이상하게도 호의를 많이 받은 사람일수록 그녀에 대한 험담을 더 자주 속삭였다.

지난달에 그녀가 준 사과야. 이제는 썩어버려서 먹을 수도 없다니까!

지난주에 (내가 갈 곳이 없어) 그녀의 숲에 갔었는데 작은 가시덤불이 있더라. 그런 곳에 사람을 부르다니!

자신들의 숲을 가꾸고 돌보는 것보다 그녀의 숲이 어떻게 변화되는지에 집중하다 보니, 험담을 늘어놓는 사람들의 숲은 점점 더 황폐해졌다.

그들의 숲은 말라갔다.

하지만 상관없었다.
계속해서 그녀의 숲은 자라고 또 자랄 뿐이었다.

사색하는 숲에 뜬 일곱 번째 달 이야기

그의 숲은 방문객이 많았다.
사람들은 그의 숲에 방문하기 위해 번호표를 받아야 했고, 번호에 적힌 순서가 되어야만 비로소 그의 숲에 들어갈 수 있는 자격을 가질 수 있었다.

숲에 머물 수 있는 시간은 한 사람당 3분, 혹은 5분을 넘지 않았다.
너무나 짧은 시간.
순서를 기다려 숲에 들어온 사람들은 만족하기도, 불평하기도 했다.

숲이 정말 아름답군.
소문에 비해 숲에 볼거리가 없군.

그는 매일 숲을 가꿔 나갔다.
잡초가 무성하게 나 있는 곳이 혹시 있지는 않은지,
꽃이 잘 피고 지는지,
새들이 쉬는 곳은 깨끗하게 정리되어 있는지,
밤이 되면 달빛이 숲속 구석구석까지 잘 비치는지까지도
세심하고 면밀하게 살폈다.

그러던 어느 날,
그의 숲에 그녀가 나타났다.

그녀는 그의 숲에 감탄했다.

당신의 숲은 너무 아름다워요.
여기에 조금만 더 머물러도 될까요?

하지만 그녀 다음에도 번호표를 들고 있는 사람들이 많았다. 모두 그의 숲에 들어오기를 원했다.

그녀는 그의 숲에 매주 나타났다.
매주 그에게, 그의 숲에게 찬사를 보내고

그렇게 떠났고, 또다시 왔다.

그는 그녀를 기다렸다.
함께 있는 시간이 즐거웠고, 기다려졌다.
마치 어린 왕자의 여우처럼 그녀의 순서가 다가오는 그 시간을 기대했다.

차가운 공기가 걷히고 따스한 공기가 뜨거워지던 어느 날.
그는 그녀의 방문이 익숙해진 나머지 지루함까지 느껴졌다.

무더위가 사라지고 다시 찬바람이 숲속 사이사이에 스며들 무렵 그녀는 그에게 오늘이 숲에 오는 마지막 날이라고 말했다.
그는 갑작스러운 그녀의 선언에 순간 화도 나고 놀라긴 했지만 그래도 상관없었다.
그의 숲은 그녀 없이도 사람들이 계속 올 테니까. 숲에서 떠나간 사람이 그녀가 처음은 아니었으니까.

그렇게 그녀는 다시는 숲에 오지 않았다.

그의 숲은 여전히 사람이 많았고, 밤이 되면 달빛은 여전히 숲속 구석구석을 비추었다.

숲속 한가운데, 그가 서 있는 곳을 제외한 모든 곳에.

사색하는 숲에 뜬 여덟 번째 달 이야기

1.
그녀의 숲에는 작고 통통한, 보드라운 볼을 가진 아이가 함께 살고 있었다.

2.
아이와 함께 살기 전, 그녀의 숲은 가시 덩굴이 여기저기 아무렇게나 널려 있었고,
매일 새벽 이슬에도 지워지지 못한 새들의 배설 자국들이 그대로 남아 있었다.

3.
모친의 숲을 정리하는 데 삶의 모든 시간을 쏟아부었었던 그녀는 아이가 태어나자 그제야 자신의 숲을 돌아보고

정리하기 시작할 수 있었다.

아이가 숲에 널브러져 있는 나뭇가시에 찔릴까, 혹은 날카로운 돌에 넘어질까 두려웠다.

하지만 오랜 시간 동안 관리되지 않은 숲을 한 번에 가꾸는 건 쉬운 일이 아니었다.

또한 그녀는 자신의 숲을 제대로 공들여 관리하는 법도 배운 적이 없었다.

그래도 그녀는 아이를 지키기 위해 달빛이 지고 동이 틀 때까지 매일매일 숲을 정리하고 또 정리했다.

그 시간 동안 아이는 계속 커나갔고 달이 열두어 번쯤 지고 뜰 무렵, 아이는 서툰 움직임으로 걷기 시작했다.

4.

달이 차고 지고는 반복되었다.

다행히 아이는 엄마의 보호 아래 매일매일 달빛을 먹으며 잘 커나갔다.

그녀의 어린 시절은 잔혹한 일들의 연속이었다.
그녀의 부모는 그녀를 지켜주지 않았다.
그녀는 매일 길을 잃고, 상처를 입었다.

하지만 그녀는 자신의 아이를 지키기 위해
모든 마음과 정성을 쏟았다.

5.
아이는 소년이 되었고, 모친의 숲 밖 세상이 궁금했다.
하지만 소년의 엄마는 여전히 소년이 다칠까 염려되었고, 그 염려는 불안한 감정이 되었다.
그녀는 소년이 자신의 숲 밖으로 나가는 것을 허락하지 않았다.

6.
그러던 어느 날,
그녀는 자신의 숲을 돌아보았다.
수많던 가시덤불을 홀로, 소년을 위해 정리하고 또 정리했던 시간들.

숲 밖은 여전히 알 수 없는 위험들로 가득했다.

7.
보름달이 둥글게 뜬 밤.
소년의 호기심은 둥근 달처럼 커다랗게 부풀어 올랐다.

8.
모친이 잠든 것을 확인한 소년은 몰래 숲을 빠져나왔다.
어둑한 밤이었지만, 꽉 차오른 달 덕분에 소년은 숲 밖의 세상을 배부르게 관찰할 수 있었고,
모친이 깨기 전 다시 숲으로 돌아오는 것에도 성공할 수 있었다.

9.
다음 날에도, 또 다음 날에도 소년은 모친이 잠든 것을 확인한 후 숲 밖 세상으로 모험을 떠났다.

10.
시간이 지나면서 달은 빛을 조금씩 감추고 매일 밤 얇아지고 또 얇아졌다.

11.
달빛을 거의 느낄 수 없던 밤.
모친의 숲을 빠져나온 소년은 돌아갈 길의 방향을 완전히 잃어버렸다.
소년의 몸에 식은땀이 흘렀고,
두려운 마음에 눈을 더 크게 떠보았지만
달빛은 그날 밤만큼은 소년을 돕지 않았다.
무엇인지 모를 날카로운 것들이 소년이 길을 헤맬 때마다 소년의 몸을 긁어댔다.

12.
소년이 처음으로 모친의 숲을 나가던 날.
그녀는 아들이 자신이 잠들기만을 기다리고 있다는 것을 알아차리고는 숨죽여 자는 척을 했다.

매일 밤 나가는 소년의 뒤를 그녀는 마치 그림자처럼 쫓았다.

13.
소년이 길을 잃던 그 밤.

그 밤도, 그녀는 아들의 뒤를 조용히 밟았다.

그리고는 자신의 소중한 아들이 길을 잃고 상처 입는 모습을 지켜보았다.

14.
날이 밝았다.

소년의 몸은 피투성이였지만, 모친의 숲으로 돌아가지 않았다.

대신 자신이 서 있는 그 자리에서 자신의 숲을 만들기 시작했다.

피로 일구어낸 소년의 숲은 빠르고 단단하게 자라났고

달의 지고 뜨고를 셀 수 없이 반복한 후,

소년은 남자가 되었다.

아주 강인한.

사색하는 숲에 뜬 아홉 번째 달 이야기

그녀의 숲에는 웅덩이가 많았다.

걷다 보면 푹 하고 발이 쑥 빠져버리는 깊은 웅덩이들
이었다.

그녀의 숲에는 가까운 이들이 자주 드나들었다.
그들은 그녀의 숲의 귀한 것들을 마구잡이로 가져가곤
했다.
땅에 있는 귀한 것들을 날카로운 삽으로 후벼 파
자신들의 숲을 풍족하게 채웠다.

그리하여 그녀의 숲에는 웅덩이가 많았다.
침략당하고 빼앗긴 흔적들이었다.

想林月 달의 뒷면

그들은 그녀의 숲의 자원들을 함부로 채굴하고는 댓가로 빵을 던져주고 갔다.

하지만 그 빵은 먹을 수도, 향도 없는 진열대 속 플라스틱 모형이었다.

그 빵들은 위장하는 솜씨가 뛰어나 처음에는 마치 먹을 수 있고, 부드러운 식감을 상상할 수 있게 해주었다.

그녀가 그 빵들이 먹을 수 없다는 것을 깨달았을 때는 이미 숲의 귀중한 것들이 대부분 사라진 후였다.

그녀는 그 사실을 알고 비통함에 잠겼다.
그녀의 원망과 분노가 하늘 위 달까지 도달할 무렵,
그녀의 숲에 커다란 웅덩이를 여러 개 남긴 남자가 말했다.

이미 사라진 건 돌이킬 수 없다고.
그 댓가로 빵들을 소유했으니 된 거 아니냐고.
잃어버린 것들은 그냥 잊는 편이 너에게 나을 거라고.

그녀는 그날부터 숲에 더 큰 웅덩이를 스스로 파기 시

작했다.

달빛이 들지 않을 정도로 깊고 큰 웅덩이였다.

달빛이 희미하던 날.

그녀는 그녀의 숲에 웅덩이를 만들었던 모든 이를 초대했다.

그리고는 자신이 판 아주 깊은 웅덩이로 모두를 유인하여 어둠으로 그들을 떨어뜨려버렸다.

그리고는 숲 위에서 웅덩이에 흙을 덮으며 그들에게 말했다.

이미 일어난 일은 어떤 것도 돌이킬 수 없다고.

想林月 달의 뒷면

Épilogue

1.
고소한 빵이 잔뜩 든 바구니와 담요를 들고
 숲을 빠져나가기 위해 허겁지겁 달리는 남자의 거친 숨소리가 고요한 숲 한켠에 들려온다.

2.
그는 평생을 기다려왔다.
자신이 들고 있는 빵을 온전히 받아주고,
맛있게, 그저 맛있게 먹어줄 상대를.

하지만 숲에서 만난 그녀는 이상하고 위험해 보였다.

그녀는 자신이 일평생 쌓아온 모든 것과 평화롭고 안정

된 그의 일상을 뒤흔들고 무너뜨릴 것만 같았다.

그녀가 그의 빵을 간절히 더 원했을 때, 그녀에 대한 연민과 사랑은 한순간 두려움으로 바뀌었다.

3.
서울의 한 카페.

그는 기다린다. 그녀를.

자신의 빵 바구니는 그녀와 함께 있던 그 숲에 그대로 두고 왔다고, 그때 그녀를 숲에 두고 혼자만 나온 것을 후회한다고.

숲에서 빠져나와 숨을 고르고 정신을 차리고 나서
수없이 되뇌고 되뇌던 그 말을
그녀 앞에서 입 밖으로 내뱉을 요량이었다.

멀리 카페의 문을 열고 그녀가 들어온다.

4.
숲 속 한켠,
남자가 두고 온 빵 바구니가 담요에 싸여 그대로 놓여 있다.

오랫동안 숲속에 덩그러니 있던 빵은 돌처럼 딱딱해져 먹을 수도 없고, 고소한 향도 사라졌어야 했지만 달빛의 따뜻함과 담요의 부드러움이 오랫동안 이어진 찬 바람을 막아주었다.

진열대 속 플라스틱 빵들은 이제 더 이상 그녀에게 필요하지 않다.

그녀의 입안에서 달콤하고 보드라운 빵이 목구멍을 타고, 그녀의 아름다운 가슴을 감싸주었다.

그 밤,
달은 차올라 그 어떤 날보다도 숲을 빛나게 해주었다.

사색하는 숲 속의 빵바구니, Seoul, 2025, Pen on paper, 21 x 29.7 ㎝

"우리에겐 모두 각자의 숲이 있다."

想林月

사색하는 숲에 뜬 달

[사색할 상, 수풀 림, 달 월]

2025년 9월 20일 1쇄 발행

글, 그림 | 민진
책임편집 | 이경민

발행인 | 이경민
발행처 | 마이티북스
* 장미와 여우는 마이티북스의 문예 전문 임프린트입니다.

저작권자 | 민진

출판사 연락처
전화 | 010-5148-9433
이메일 | novelstudylab@naver.com
홈페이지 | http://마이티북스.com/

ISBN 979-11-994493-1-2

이 책은 저작권법에 따라 보호받는 저작물이므로
무단전재와 무단복제를 금지하며,
이 책 내용의 전부 또는 일부를 이용하려면,
반드시 저작권자들과 출판사의 서면 동의를 받아야 합니다.

정가는 책 뒤표지에 표기되어 있습니다.
파본이나 잘못된 책은 구매한 서점에서 교환해 드립니다.